An emotion of great delight
© 2021 by Tahereh Mafi
© 2021 by Universo dos Livros

Todos os direitos reservados e protegidos pela Lei 9.610 de 19/02/1998. Nenhuma parte deste livro, sem autorização prévia por escrito da editora, poderá ser reproduzida ou transmitida sejam quais forem os meios empregados: eletrônicos, mecânicos, fotográficos, gravação ou quaisquer outros.

Diretor editorial
Luis Matos

Gerente editorial
Marcia Batista

Assistentes editoriais
Letícia Nakamura e Raquel F. Abranches

Tradução
Cynthia Costa

Preparação
Jonathan Busato

Revisão
Aline Graça e Tássia Carvalho

Capa e Diagramação
Renato Klisman

Dados Internacionais de Catalogação na Publicação (CIP)
Angélica Ilacqua CRB-8/7057

M161i
    Mafi, Tahereh
    Intensa / Tahereh Mafi ; tradução de Cynthia Costa.
    -- São Paulo : Universo dos Livros, 2021.
    208 p.

    ISBN 978-65-5609-159-4
    Título original: An emotion of great delight

    1. Ficção norte-americana 2. Xenofobia I. Título II. Costa, Cynthia

21-4741   CDD 813

Universo dos Livros Editora Ltda.
Avenida Ordem e Progresso, 157 — 8º andar — Conj. 803
CEP 01141-030 — Barra Funda — São Paulo/SP
Telefone/Fax: (11) 3392-3336
www.universodoslivros.com.br
e-mail: editor@universodoslivros.com.br
Siga-nos no Twitter: @univdoslivros

Sua vida desmoronando,
seu povo perseguido e
seu coração partido.

Mas das cinzas ela encontra
o amor e a esperança em
meio a um cenário de guerra.

INTENSA

AUTORA DO BEST-SELLER *ESTILHAÇA-ME*
TAHEREH MAFI

São Paulo
2021

Grupo Editorial
UNIVERSO DOS LIVROS

DEZEMBRO

2003

UM

O SOL ESTAVA BRILHANDO FORTE naquele dia, como se fossem dedos quentes em mãos suadas tocando o meu rosto, forçando-me a contrair os músculos. Eu estava petrificada, imóvel, encarando a luz, torcendo para que me cegasse. Estava adorando aquilo, adorando aquele calor escaldante, adorando a maneira como rachava os meus lábios.

Era boa a sensação de ser tocada.

Parecia um perfeito dia de verão em meio ao outono, aquele calor estagnado interrompido apenas por uma breve brisa perfumada que não sei de onde veio. Um cachorro latiu; tive dó dele. Aviões cruzavam os céus e eu os invejava. Carros passavam, eu ouvia seus motores, corpos metálicos imundos deixando para trás seus excrementos e, ainda assim...

Fundo, inspirei fundo e segurei o cheiro do combustível nos pulmões, na minha língua. Tinha gosto de memória, de movimento. Da promessa de ir a algum lugar — eu expirei —, a qualquer lugar.

Eu, eu não iria a lugar nenhum.

Não havia motivo para sorrir, mas sorri, o tremor nos meus lábios uma indicação quase certa da histeria iminente. Agora eu já estava confortavelmente cega, o sol já queimara tanto o fundo das minhas retinas que eu só enxergava órbitas cintilando na escuridão. Fiquei estatelada sobre o asfalto empoeirado, tão quente que grudava na minha pele.

Visualizei meu pai de novo.

Sua cabeça reluzindo, dois tufos de cabelos escuros sobre as orelhas, como se fossem fones de ouvido mal colocados. Seu sorriso reconfortante assegurando que tudo ficaria bem. O fulgor atordoante das luzes fluorescentes.

Mais uma vez, meu pai estava quase morto, e eu só conseguia pensar em quanto tempo eu teria de fingir tristeza caso ele tivesse morrido de fato. Ou pior, muito pior: pensei que, caso ele tivesse morrido mesmo, eu nem precisaria fingir nada. Engoli um nó de emoção súbito e indesejado que se formou na minha garganta. Senti as lágrimas queimarem e apertei os olhos, desejando me levantar. Ficar de pé.

Caminhar.

Quando abri os olhos, um policial de dez mil metros de altura estava inclinado sobre mim. Balbuciando em seu *walkie-talkie*. Botas pesadas, um ruído metálico de algo conforme ele ajustou seu peso.

Pisquei e me ergui como um caranguejo, passando de cobra sem pernas para humana ereta, embora assustada e confusa.

— Isto é seu? — ele perguntou, erguendo uma mochila azul-clara desgastada.

— É — confirmei, estendendo a mão para pegá-la. — Sim.

Ele soltou a mochila quando a toquei, e o peso quase me fez tropeçar para a frente. Eu havia largado aquela carcaça inchada por uma razão. Entre outras coisas, continha quatro livros didáticos enormes, três pastas, três cadernos e dois livros velhos que eu tinha de ler para a aula de Inglês. O ponto de encontro após a escola era um gramado ao qual eu sempre me dirigia de maneira otimista demais, esperando que alguém da família se lembrasse da minha existência e me poupasse da caminhada para casa. Naquele dia, não tive essa sorte. Eu abandonara a mochila e o gramado pelo estacionamento vazio.

Ruídos no *walkie-talkie*. Mais vozes confusas.

Olhei para cima.

Para cima, para cima do furo do queixo e dos lábios finos, do nariz e dos cílios esparsos, para os *flashes* de olhos azuis brilhantes. O policial estava usando um boné. Não consegui ver seu cabelo.

— Recebi uma chamada — ele disse enquanto me olhava. — Você estuda nesta escola?

Um corvo voou baixo e grasnou, intrometendo-se na minha vida.

— Sim — respondi, com meu coração disparado. — Estudo.

Ele acenou para mim com a cabeça.

— O que você estava fazendo no chão?

— O quê?

— Estava rezando?

Meu coração disparado desacelerou. Afundou-se. Eu não era desprovida de um cérebro, de dois olhos, da habilidade de ler as notícias, de um quarto, e aquele homem tentando vasculhar o meu rosto. Eu conhecia a ira, mas o medo me era mais familiar.

— Não — respondi calmamente. — Eu só estava tomando sol.

O policial não comprou a história. Seus olhos examinaram novamente o meu rosto e o lenço envolvendo a minha cabeça.

— Você não fica com calor usando isso aí?

— Neste momento, sim.

Ele quase sorriu. Mas, em vez disso, virou-se e olhou o estacionamento vazio.

— Onde estão os seus pais?

— Não sei.

Ele arqueou uma única sobrancelha.

— Eles se esquecem de mim — falei.

Agora, as duas sobrancelhas.

— Eles se esquecem de você?

— Eu sempre fico na expectativa de que alguém venha me buscar — expliquei. — Mas, se não vier, vou andando para casa.

O policial me observou por um bom tempo. Por fim, suspirou.

— Certo. — Ele virou uma mão para o céu a fim de tapar o sol.

— Certo, então pode ir. Mas não faça isso de novo — avisou com severidade. — Isto é propriedade pública. Faça as suas orações em casa.

Abanei a cabeça.

— Eu não estava... — tentei dizer. *Eu não estava*, quis gritar. Eu não estava.

Mas ele foi embora.

DOIS

DEMOROU TRÊS MINUTOS PARA que o fogo nos meus ossos se apagasse. Na calmaria crescente, olhei para cima. As nuvens, que antes estavam brancas, começaram a engordar e se acinzentar; a leve brisa agora já era um sopro gelado. Aquele dia bêbado de dezembro ficara sóbrio de forma tão repentina e quase extrema que meu rosto se contorceu diante da cena, das bordas queimadas e do corvo ainda circulando sobre a minha cabeça, repetindo o refrão de seu *cuá cuá*. Um relâmpago rugiu, de repente, lá longe.

O policial já era quase uma memória agora.

O que restava dele estava desaparecendo na luz esmaecida, suas botas pesadas, sua passada irregular; eu o observei sorrindo enquanto se comunicava pelo rádio. Um raio rasgou o céu ao meio e tremi, espasmos no corpo, como se tivesse sido eletrocutada.

Eu estava sem guarda-chuva.

Enfiei a mão sob a blusa e puxei o jornal que estava preso no cós, dobrado contra a minha pele, e o meti debaixo do braço. O ar estava denso com a promessa de uma tempestade, o vento chacoalhando as árvores. Eu não achava que o jornal seria suficiente para me proteger da chuva, mas era tudo de que eu dispunha.

Naqueles dias, era tudo de que eu sempre dispunha.

Havia uma máquina de venda de jornais na esquina da minha casa e, alguns meses atrás, por impulso, comprei um exemplar do *New York Times*. Tinha curiosidade sobre Adultos Lendo Jornal, curiosidade sobre as reportagens que pareciam alimentar as conversas que, por sua vez, moldavam a minha vida, a minha identidade, o bombardeio dos familiares de amigos meus no Oriente Médio. Após dois anos de pânico e luto após o 11 de setembro, nosso país decidira por uma ação política agressiva: declaramos guerra contra o Iraque.

A cobertura na mídia era implacável.

A televisão promovia uma disseminação ofuscante e violenta de informações, do tipo que eu raramente conseguia digerir. Mas a tarefa lenta e silenciosa de ler o jornal combinava comigo. Melhor que isso, preenchia os vazios do meu tempo livre.

Tinha começado a juntar moedas de 25 centavos nos bolsos todos os dias para comprar o jornal no caminho para a escola. Eu dava uma espiada nas matérias enquanto percorria um quilômetro e meio, o exercício da mente e do corpo elevando a minha pressão sanguínea a níveis preocupantes. Quando chegava à primeira aula, já tinha perdido o apetite e o foco. Estava ficando enjoada com as notícias, enjoada das notícias, mergulhando na dor sem me dar conta, buscando em vão por um antídoto no próprio veneno. Mesmo agora meu dedão estava percorrendo a tinta esmaecida das velhas reportagens, para a frente e para trás, acariciando o meu vício.

Olhei para o céu.

O corvo solitário lá em cima não parava de observar, o peso de sua presença parecendo arrancar o ar dos meus pulmões. Eu me forcei a me mover, a fechar as janelas da minha mente ao caminhar. O silêncio era aberto demais a pensamentos indesejados; então eu ouvia o som dos carros passando, do vento batendo contra os seus corpos metálicos. Havia duas pessoas, em particular, sobre as quais eu não queria pensar. Nem queria pensar sobre os processos seletivos para entrar na faculdade, sobre o policial, nem sobre o jornal apertado em meu punho, e ainda assim...

Eu parei, desdobrei o jornal, alisei as bordas.

Aldeões afegãos em luto após ataque americano que matou nove crianças

Meu telefone tocou.

Eu o tirei do bolso, paralisada ao ver um número na tela. Uma lâmina de sentimento pareceu me empalar — e, assim como veio, se foi. *Outro número*. Um alívio inebriante quase me fez rir, o impulso controlado apenas pela dor no meu peito. Era como se aço de verdade tivesse sido enterrado entre os meus pulmões.

Eu atendi o telefone.

— Alô?

Silêncio.

Uma voz finalmente apareceu, uma mera meia palavra emergindo na confusão do ruído estático. Olhei para a tela, a bateria acabando, apenas uma barrinha de recepção. Quando fechei o telefone, uma pontada de medo percorreu a minha espinha.

Pensei na minha mãe.

Minha mãe, minha mãe tão otimista que achava que, trancando-se no *closet*, eu não ouviria os seus soluços.

Uma gorda gota de água caiu sobre a minha cabeça.

Eu olhei para cima.

Pensei no meu pai, um metro e oitenta e três de homem moribundo enrolado em uma cama de hospital, fitando o nada. Pensei na minha irmã.

Uma segunda gota pousou no meu olho.

O céu abriu-se com um *cabrum* repentino e, no breve ínterim — no piscar de olhos antes do dilúvio —, eu contemplei a calmaria. Cheguei a pensar em me deitar no meio da rua e lá ficar para sempre.

Mas, aí, chuva.

Chegou com pressa, espancando o meu rosto, encharcando as minhas roupas, formando poças nas dobras da minha mochila. O jornal que ergui sobre a cabeça durou quatro segundos antes de ficar molhado, e rapidamente o guardei, desta vez na mochila. Apertei os olhos sob a enxurrada, reajustando o demônio sobre os meus ombros, e me encolhi dentro da jaqueta.

E fui andando.

ANO PASSADO

PARTE I

UAS FORTES BATIDAS NA minha porta e gemi, cobrindo a cabeça com o lençol. Tinha ficado acordada até tarde na noite anterior, decorando equações para a aula de Física e dormido apenas quatro horas. Só a ideia de levantar da cama me fazia querer chorar.

Outra batida forte.

— Está muito cedo — eu disse, com a voz abafada pelo lençol. — Vá embora.

— *Pasho* — ouvi minha mãe dizer. "Hora de levantar."

— *Nemikham* — respondi. "Eu não quero."

— *Pasho.*

— Acho que não consigo ir para escola hoje. Acho que estou com tuberculose.

Ouvi o ranger baixinho da porta se arrastando sobre o carpete e me encolhi instintivamente, como um molusco na concha. Emiti um som de lamúria enquanto esperava pelo inevitável: minha mãe me arrastando, literalmente, para fora da cama, ou, no mínimo, arrancando as cobertas de cima de mim.

Em vez disso, ela se sentou em cima de mim.

Quase gritei com o peso inesperado. É horrível quando sentam sobre uma pessoa em posição fetal; parece que os ossos empilhados ficam mais vulneráveis ao dano. Eu me revirei, gritei para que saísse de cima de mim, e ela apenas riu e beliscou a minha perna.

Berrei.

— *Goftam pasho.* "Eu disse para levantar."

— Como vou me levantar agora? — falei enquanto tirava o lençol do rosto. — Você quebrou todos os meus ossos.

— Hã? — Ela ergueu as sobrancelhas. — Você me diz isso? Sua mãe — ela falou tudo isso em farsi — é tão pesada que consegue quebrar todos os seus ossos? É isso que está dizendo?

— Sim.

Ela arfou e arregalou os olhos.

— *Ay, bacheyeh* má. "Ah, sua menina má."

E, com um pulinho, sentou-se sobre as minhas coxas.

Eu soltei um grito estrangulado.

— Tá bom, tá bom, vou levantar, vou levantar, meu Deus…

— *Maman*? Está aí em cima?

Ao som da voz da minha irmã, minha mãe pôs-se imediatamente em pé. Arrancou as cobertas da minha cama e disse:

— Aqui! — Depois, para mim, estreitando os olhos: — *Pasho*.

— Estou *pasho*-ando, estou *pasho*-ando — resmunguei.

Levantei e olhei, por hábito, para o despertador que tinha silenciado meia dúzia de vezes. Quase tive um treco ao ver o horário.

— Vou chegar atrasada!

— *Man keh behet goftam.* — Minha mãe deu de ombros. "Eu avisei."

— Não avisou, não. — Virei, de olhos arregalados. — Não me falou que horas eram.

— Falei, sim. Talvez a tuberculose tenha te deixado surda.

— Nossa. — Abanei a cabeça ao passar por ela. — Hilário.

— Eu sei, eu sei, sou hiláááária — ela disse com um gesto floreado. E voltou a falar em farsi: — Aliás, não posso te levar para a escola hoje. Tenho dentista. A Shayda vai te levar.

— Não vou, não — minha irmã avisou, a voz ficando mais alta conforme ela se aproximava. Ela espiou dentro do meu quarto. — Preciso ir embora agora, e a Shadi nem colocou a roupa.

— Não… Espere… — Eu me agilizei. — Consigo me vestir em cinco minutos…

— Não consegue, não.

— Consigo, sim! — Eu já estava do outro lado do corredor, no banheiro que dividíamos, colocando pasta na escova de dentes como uma louca. — Espere só um pouquinho…

— Nem pensar. Não vou me atrasar por sua causa.

— Shayda, não custa...

— Você pode ir andando.

— Vou levar quarenta e cinco minutos!

— Então peça para o Mehdi.

— O Mehdi ainda está dormindo!

— Alguém disse o meu nome?

Ouvi meu irmão subindo as escadas, a voz dele um pouco mais enrolada do que de costume, talvez estivesse comendo alguma coisa. Meu coração deu um pulo.

Cuspi a pasta na pia e corri para o corredor.

— Preciso de uma carona para a escola — gritei, minha mão ainda suja de pasta. — Você pode me levar?

— Nem vem. Fiquei surdo de uma hora pra outra. — E ele disparou escada abaixo.

— Ai, meu Deus. O que é que se passa com esta família?

A voz do meu pai ecoou lá de baixo.

— *Man raftam! Khodafez!* "Já vou indo! Tchau!"

— *Khodafez!* — os quatro responderam em coro.

Ouvi a porta da frente bater, corri até a escada e vi Mehdi chegando lá embaixo.

— Espere — pedi. — Por favor, por favor...

Mehdi olhou para mim com seu típico sorriso devastador, do tipo que já tinha partido alguns corações. Seus olhos cor de mel estavam reluzindo sob o sol da manhã.

— Foi mal — ele disse —, mas tenho planos.

— Que planos você pode ter às 7h30 da manhã?

— Foi mal — ele falou de novo, desaparecendo da minha vista. — Dia corrido.

Minha mãe deu um tapinha no meu ombro.

— *Mikhasti zoodtar pashi.* "Você podia ter acordado mais cedo."

— É verdade — concordou Shayda, pendurando a mochila no ombro. — Tchau.

— Não! — corri de volta ao banheiro, enxaguei a boca, joguei água no rosto. — Eu estou quase pronta! Só mais dois minutinhos!

INTENSA

— Shadi, você nem colocou a calça ainda.

— Quê? — olhei para baixo: estava com uma camiseta comprida, sem calça. — Espere, Shayda...

Mas ela já estava descendo as escadas.

— *Manam bayad beram* — minha mãe falou. "Também preciso ir." Ela me olhou com dó. — Eu busco você depois da aula, tá?

Respondi a isso com um tchau distraído e corri de volta para o quarto. Vesti a calça jeans e a blusa em um segundo, quase tropeçando, e fui colocando as meias, arrumando o cabelo e o lenço e fechando o zíper da mochila até a metade. Saí voando escada abaixo como uma doida, chamando Shayda.

— Espere! — gritei. — Espere, estou pronta! Trinta segundos!

Eu pulei num pé só para vestir direito a meia e o tênis. Prendi o cabelo, dei um nó no lenço *à la* Jacqueline Kennedy — ou, claro, como fazem muitas mulheres persas — e passei correndo pela porta.

Shayda estava em frente de casa, abrindo o carro, e minha mãe se ajeitava na minivan, ainda estacionada na garagem. Eu acenei para ela sem fôlego e gritei...

— Consegui!

Minha mãe sorriu e fez um joinha para mim, e devolvi os dois gestos para ela. Elevei a voltagem do meu sorriso para Shayda, que só revirou os olhos com um suspiro profundo e deixou que eu me aproximasse de seu Toyota Camry antigo.

Eu estava eufórica.

Dei outro tchau para minha mãe — que tinha acabado de sair com a minivan — antes de colocar a minha mochila desajeitada no banco de trás do carro de Shayda. Minha irmã ainda estava afivelando o cinto de segurança e arrumando suas coisas, colocando a caneca de café no console etc., quando me recostei na porta do passageiro, aproveitando para recuperar o fôlego e desfrutar a minha vitória.

Tarde demais, eu me dei conta de que estava congelando.

Era fim de setembro, início do outono, e eu não tinha me ajustado à nova estação ainda. O clima estava irregular, com momentos quentes e frios ao longo do dia, e fiquei em dúvida se despertaria a ira de Shayda se pedisse para buscar o casaco lá em cima.

Foi como se a minha irmã tivesse lido a minha mente.

— Ei — ela latiu de dentro do carro. — Nem pense nisso. Se você entrar de novo, vou embora.

Minha mãe, que também tinha lido a minha mente, de repente freou a minivan e abriu o vidro.

— *Bea* — ela falou. "Aqui." — Pegue.

Eu ergui as mãos para pegar o moletom que ela jogou para mim. Consegui pegar, avaliei, levantei para ver. Era um moletom preto básico com capuz. Só os cordões eram diferentes, de um azul vibrante.

— De quem é isto? — perguntei.

Minha mãe deu de ombros.

— Deve ser do Mehdi — ela falou em farsi. — Faz tempo que está no carro.

— Faz tempo? — Fiz uma careta. — Quanto tempo?

Minha mãe não deu atenção e colocou os óculos de sol.

Cheirei o tecido para confirmar a minha suspeita, e parece que não tinha ficado no carro tanto tempo assim, pois o cheiro ainda estava bom. Algo como uma colônia. Algo que fazia a minha pele se arrepiar.

Minha careta ficou ainda pior.

Vesti o blusão e vi minha mãe indo embora pela rua. O moletom era macio e quentinho e grande demais para mim no melhor sentido, mas aquele cheiro tão bom perto da minha pele era sufocante. Os meus pensamentos dispararam, minha mente trabalhando rápido demais para responder a uma simples pergunta.

Shayda buzinou. Eu quase tive um ataque cardíaco.

— Entre logo — ela gritou. — Senão vou te atropelar.

INTENSA

DEZEMBRO

2003

TRÊS

Quando chovia daquele jeito, as pessoas me dirigiam olhares e gestos engraçadinhos, como se dissessem "Que sorte, hein? A Einstein aí nem precisa de guarda-chuva", apontando os indicadores e polegares, erguendo uma sobrancelha. Eu sempre sorria quando alguém dizia algo assim para mim, sorria um daqueles sorrisos educados de boca fechada. Nunca entendi essa suposição, de que o meu lenço seria à prova d'água.

Certamente não era.

Meu lenço não era, claramente, de neoprene; não parecia emborrachado. Era de seda, uma escolha intencional não apenas pela leveza e textura, mas graças à minha vaidade. A seda acariciava o meu cabelo durante o dia, deixando-o macio e brilhante para quando eu chegava em casa. Que alguém imaginasse que o meu *hijab* me protegeria de uma tempestade era surreal para mim e, ainda assim, uma quantidade surpreendente de pessoas parecia acreditar nisso.

Se ao menos pudessem me ver naquele momento.

A chuva encharcou o lenço, que agora estava colado na minha cabeça. A água corria em bicas pelas laterais do meu pescoço, meu cabelo pesado, pingando. Alguns fios rebeldes escaparam e, com o vento, chicoteavam os meus olhos; embora eu tenha tentado prendê-los, recompor-me, meus esforços eram mais por hábito do que por esperança. Eu não era boba. Sabia que ia morrer de pneumonia naquele dia, possivelmente antes mesmo de a minha próxima aula começar.

Estava no último ano do ensino médio, mas, às segundas e quartas-feiras à noite, tinha aulas de cálculo multivariado na faculdade comunitária. Era o equivalente a fazer uma disciplina avançada. Podia aproveitar os créditos e inflar a média geral do meu boletim.

Meus pais gostavam disso. A maioria dos pais gostava disso.

Mas meus pais, como muitos pais e mães do Oriente Médio, *esperavam* isso de mim. Esperavam que eu fizesse cálculo multivariado no último ano do ensino médio, assim como esperavam que eu me tornasse médica. Ou advogada. Um doutorado também seria aceito, embora decididamente com menos entusiasmo.

Eu olhei para cima novamente, para o inimigo.

A chuva estava caindo mais forte agora, mais rápida, mas não havia tempo para me abrigar. Se eu quisesse chegar à aula na hora, tinha que acelerar o passo. Sabia que tinha passado tempo demais depois da escola esperando alguém vir me buscar, mas não pude evitar; minha esperança era maior às segundas e quartas. Maior porque eu esperava mais do que uma carona para casa, queria ser poupada da longa caminhada até a faculdade, a três quilômetros de distância.

Fiquei tentada a cabular a aula.

A tentação era tão palpável que senti um tremor na espinha. Imaginei meus ossos encharcados me levando direto para casa e meu coração gaguejou com o pensamento, a felicidade ameaçadora. Carros passavam espirrando água suja em mim, e vacilei ainda mais, tremendo dentro do jeans encharcado e dos tênis ensopados. Eu era um pontinho com um sonho, parado em uma encruzilhada. Sonhando em ir para a esquerda em vez de ir para a direita. Sonhando com chá quente e roupas secas. Queria ir para casa, minha casa, queria ficar no banho por uma hora, ferver meu sangue.

Não podia.

Não podia faltar à aula porque já tinha faltado um dia no mês anterior, e faltar dois dias iria diminuir minha nota, o que impactaria a minha média, magoaria a minha mãe, quebraria a regra mais importante que seguia na minha vida, que era a de me tornar uma filha tão inofensiva a ponto de desaparecer completamente. Era tudo pela minha mãe, é claro. Eu era ambivalente com relação ao meu pai, mas minha mãe, eu não queria que minha mãe chorasse, não por mim. Ela já tinha chorado o suficiente por todos naqueles dias.

Eu me perguntei, então, se ela olharia pela janela, se ela teria lembrado, em um raro momento, de sua filha caçula em sua peregrinação até a aula de cálculo. Meu pai, eu sabia, não iria. Ele estava dormindo ou assistindo a reprises de *Hawaii Five-0* na televisão pregada em uma divisória. Minha irmã certamente não estava nem aí, nem com isso nem com nada. Ninguém mais que eu conhecia viria me ajudar.

No ano passado, minha mãe teria vindo.

No ano passado, ela saberia a minha programação. Teria ligado, perguntado como eu estava, repreendido minha irmã com firmeza por me abandonar na chuva. Mas, no rastro da morte do meu irmão, a alma da minha mãe ainda não tinha se reorganizado, nem seu esqueleto reconfigurado. As ondas esmagadoras de tristeza nas quais eu já tinha me afogado lentamente foram diminuindo, mas minha mãe... Mais de um ano depois, minha mãe ainda me parecia como um tronco de árvore tombado, flutuando no frio das águas não diluídas de agonia.

Então, eu me tornei um fantasma.

Consegui reduzir toda a minha pessoa a tal insignificância que minha mãe raramente me fazia perguntas. Raramente percebia que eu estava por perto. Eu dizia a mim mesma que eu a estava ajudando, dando espaço a ela, tornando-me uma filha a menos para ela se preocupar — mantras que me ajudavam a ignorar a dor aguda gerada pelo sucesso do meu ato de desaparecimento.

Eu só esperava estar certa.

Uma súbita rajada de vento sacudiu as ruas, empurrando-me para trás. Não tive escolha a não ser abaixar minha cabeça contra o vento, o movimento expondo meu colarinho aberto à chuva. Uma árvore tremeu lá em cima e uma torrente de água gelada bateu com força na minha blusa.

Engasguei audivelmente.

Por favor, meu Deus, pensei, *por favor, não me deixe morrer de pneumonia.*

Minhas meias estavam ensopadas, meus dentes batiam, meus dedos cerrados ficando cada vez mais entorpecidos. Decidi checar meu celular por um sinal de vida, passando mentalmente pela pequena lista de pessoas para as quais eu seria capaz de pedir um favor, mas, quando pesquei o tijolo de metal do pântano do meu bolso, o aparelho estava encharcado e piscando. Esqueça a pneumonia, provavelmente morreria eletrocutada. Meu futuro nunca pareceu tão brilhante.

Sorri com a minha própria piada, meus lábios se curvando em direção à insanidade, quando um carro passou tão rápido que quase me deu um banho. Parei, então, parei e olhei para mim mesma, para o meu estado anfíbio. Minha aparência estava péssima. Eu não podia ir para a aula daquele jeito e, ainda assim, fui impulsionada por algum escrúpulo maior, alguma bobagem que dava sentido à minha vida. De repente, tudo me pareceu ridículo, minha vida tão ridícula que eu sorri. Ri e depois engasguei, tendo aspirado um pouco da água de esgoto espirrada. Esqueça. Esqueça, eu estava errada; não morreria nem de pneumonia nem eletrocutada. Asfixia levaria o anjo da morte à minha porta.

Desta vez não ri.

O carro em alta velocidade parou completa e repentinamente.

Bem ali, bem no meio da rua escorregadia. As luzes traseiras acenderam, brancas e brilhantes, e o carro ficou parado pelo menos por quinze segundos antes de tomar uma decisão. Cantando os pneus, fez a volta na rua vazia, derrapando para uma parada assustadora ao meu lado.

Errada de novo.

Nem de pneumonia, nem eletrocutada, nem de asfixia, nem... Eu seria assassinada.

Olhei para o céu novamente.

Querido Deus, pensei, *não foi isso que quis dizer quando nos falamos da última vez.*

QUATRO

Fiquei imóvel e esperei, esperei a janela se abrir para determinar o meu futuro. Esperei pelo destino.

Nada aconteceu.

Segundos se passaram — vários e depois uma dúzia — e nada, nada. O carro prateado parado ao meu lado, seu corpo metálico pesado e cintilante pingando no crepúsculo. Esperei que o motorista fizesse alguma coisa. Qualquer coisa.

Nada.

Eu não consegui conter a minha decepção. No interlúdio sem fôlego, minha curiosidade ficara maior do que meu medo, que agora parecia perigosamente perto de algo como ansiedade. Aquele quase desfecho era o mais próximo que eu estivera de uma emoção desde o dia em que pensara que meu pai morreria, e havia um bônus: o carro parecia quente. Pelo menos a morte, pensei, seria quente. *Seca.* Eu estava pronta para ignorar tudo que tinha aprendido sobre caronas com estranhos.

Mas estava demorando muito.

Apertei os olhos sob a chuva; não conseguia enxergar muito de onde estava, apenas janelas escuras e a fumaça do escapamento. Era uma curta distância da calçada até o carro, e eu queria percorrer essa distância, queria bater na janela do veículo, exigir uma explicação. Fui interrompida pelo som de vozes abafadas.

Não falando — *brigando*.

Fiz uma careta.

As vozes ficaram mais altas, mais agitadas. Eu me aproximei do carro como uma lua crescente, minhas costas curvadas contra a chuva, cabeça baixa em direção à porta do passageiro. Eu não tinha certeza sobre o meu destino, mas, se eu realmente fosse ser assassinada, queria acabar logo com isso. Venci os três passos pela calçada, ajeitei meu lenço encharcado e acenei para a janela escura do carro estranho. Posso até ter sorrido. Minha esperança secreta e trêmula era de que o motorista não fosse um assassino, mas um bom samaritano. Alguém que me viu me afogando e quis ajudar.

O carro partiu em disparada.

Sem aviso — seu motor cansado acelerando um pouco demais —, ele fugiu, banhando-me novamente na água do esgoto. Fiquei de pé ali, pingando na calçada, pele queimando com inexplicável vergonha. Eu não conseguia entender, não conseguia entender como tinha acabado de ser avaliada e rejeitada por um assassino. Uma dupla de assassinos, até.

Ocorreu-me, brevemente, que o carro parecia familiar, que o motorista podia ser alguém que eu conhecia. Essa ideia não foi reconfortante para mim, mas fiquei apegada a ela, embora não pudesse provar se era ou não verdade. Chacoalhei a cabeça, chacoalhei a hipótese insistente para fora da minha mente. O céu estava escurecendo e não faltavam Honda Civics prateados nas ruas; não dava para ter certeza de nada.

Ergui um pé molhado, depois o outro.

De tudo em que eu podia pensar, foi o *jingle* de uma marca de brinquedos que surgiu em minha cabeça, fui cantarolando enquanto caminhava, enquanto passava por shoppings e postos de gasolina sem rostos. Continuei cantarolando até que se tornou uma parte de mim, até que se tornou a desorientadora música de fundo para a apresentação em PowerPoint das muitas decepções que se desenrolavam diante de mim.

Revi aquele Honda Civic quando enfim cheguei à faculdade.

Estava parado no estacionamento, e passei pingando por ele no meu trajeto até o prédio principal. A chuva havia parado, mas já estava quase escuro, e eu estava quase morta. No momento, só tinha massa cerebral funcionando o suficiente para evitar que meus dentes batessem, mas não consegui me conter ao encarar o Honda Civic enquanto entrava no *campus*, meu pescoço virado em um ângulo comicamente desconfortável. Estava tentando olhar mais de perto para o carro, mas o céu parecia ter se afundado sobre tudo, descido até o chão. Tudo e todos estavam cinzentos. Segui andando através da neblina pegajosa, sem ver exatamente para onde ia.

Metáforas por todo canto.

Tentei não pensar na minha cabeça latejante ou no azul tingindo a minha pele. Tentei me concentrar, mesmo em meio à névoa. Agora, talvez mais do que antes, queria entender o que havia acontecido. Queria saber quem dirigia aquele carro e se eu realmente conhecia o motorista. Estava tentando entender por que o carro tinha parado ao meu lado e não me matado. Tentando suprimir o pânico em meu peito que surgiu com a possibilidade de eu estar sendo seguida.

E, então, caí.

Havia escadas que levavam para o prédio, escadas que eu subira mil vezes e, apesar disso, não as vi naquela noite. Caí sobre os degraus, batendo pele e ossos e me apoiando com mãos escorregadias. Minha cabeça só encostou na pedra e fiquei grata por isso, mas o joelho bateu forte e eu podia senti-lo sangrar.

Rolei sobre as minhas costas, sobre a mochila; fechei os olhos. O vento frio patinou sobre o meu rosto, esfriou a umidade da minha roupa. Não conseguia parar de rir. Um riso mudo, percebido apenas pela curva do meu sorriso, pelo tremor dos meus ombros. A dor estava se espalhando pela minha perna; eu a senti em meu pescoço também. Não queria me levantar. Queria ficar ali até que alguém me levasse embora, me levasse para longe.

Eu queria minha mãe.

Meu Deus, pensei. *Por quê? Por que, por que, por quê?*

Suspirei, abri os olhos para o céu. E, com um único esforço hercúleo, fiquei de pé. Não iria para a aula, mas também não iria para casa.

Decidi ficar ali por um tempo, imersa nos meus fracassos. Aquele dia tinha sido decepcionante em tantos sentidos; concluí que era melhor jogar de vez aquelas vinte e quatro horas no lixo e começar do zero no dia seguinte. Podia tirar proveito da chuva, pensei, tirar proveito da calmaria, do silêncio, da oportunidade de pecar em paz.

CINCO

A FACULDADE ERA BEM ILUMINADA à noite, o suficiente para ver sem ser vista. Eu encontrei meu lugar de sempre, plantei a mochila ensopada no concreto molhado e me enraizei sobre as minhas coisas com as mãos trêmulas.

Esfreguei os nós dos dedos contra o concreto, arranquei sangue; cortei as palmas das mãos em papelão, arranquei sangue. Enfiei essas mesmas mãos nos bolsos e prendi a respiração enquanto latejavam. Não fiz curativo nos cortes. Ignorei as queimaduras. Quando olhasse para as minhas mãos, teria evidências do meu estado: machucados não tratados, arranhões não cicatrizados.

Eu passava despercebida, exceto quando chamava a atenção por um mau motivo.

Pensando no mundo como um todo, eu estava prestes a me tornar tão notável quanto um polegar. Minha presença era percebida apenas quando meu rosto parecia familiar às pessoas — familiar da forma como o medo é familiar, da forma como o pavor é familiar. Aonde quer que eu fosse, estranhos olhavam para mim, mentes trabalhando por meio segundo antes de me colocarem em uma caixa, etiquetá-la e fechá-la com fita adesiva.

Adultos sempre me procuravam — por quê? por quê? — para fazer perguntas diretas e específicas sobre relações internacionais, como se eu fosse uma espécie de procuradora dos meus pais, do país nativo deles, pronta para dar uma resposta significativa para uma pergunta desesperada. Até parece que meu corpo de 17 anos tinha idade suficiente para entender as complexidades de tudo isso. Como se eu fosse um político experiente cuja tênue conexão com um país do Oriente Médio — que eu raramente visitava — de repente me tornasse um especialista em política. Não sabia como dizer às pessoas que eu continuava tão burra hoje quanto era ontem, que passava a maior parte do meu tempo pensando sobre como minha vida estava desmoronando de uma forma que não tinha nada a ver com o ciclo de notícias. Mas havia algo sobre o meu *hijab* que fazia as pessoas desconsiderarem minha idade e me verem como um passe livre para questionamentos.

Afinal, estávamos em guerra com pessoas parecidíssimas comigo.

Desenterrei meu jornal úmido junto com meus cigarros úmidos, enfiei um entre os lábios, deixei cair o papel no meu colo e fechei o zíper da minha mochila. Estiquei a perna machucada, fazendo uma careta ao pegar o isqueiro no bolso.

Foram necessárias algumas tentativas, mas quando o butano finalmente pegou, observei a chama por um momento. Girei a roda de ignição vezes suficientes para irritar a ponta do meu polegar. Dei uma tragada profunda, segurei, soltei, me encostei e olhei para cima.

Não conseguia ver as estrelas.

Por um lado, fumar não era legal. Fumar mata. Fumar era um hábito vil e nojento com o qual eu não concordava.

Por outro lado...

Meu Deus, pensei, exalando o veneno. *O Senhor poderia simplesmente matar o meu pai, por favor? Não aguento esse suspense.*

Peguei o jornal e olhei para a manchete derretida.

Quando lia o jornal, via a mim mesma, minha família e minha fé refletidas como se fosse uma casa de espelhos de um parque de diversões. Sentia uma desesperança crescendo no peito a cada dia, esse desespero para dizer a alguém, para sacudir estranhos, para subir em um banco de parque e gritar...

Não existe um "terrorista islâmico".

Era moralmente impossível — filosoficamente impossível — ser muçulmano e terrorista ao mesmo tempo. Não havia nada no

Islã que perdoasse a morte de inocentes. E, no entanto, lá estava, todos os dias, todos os dias, a combinação de palavras: terrorista muçulmano, terrorista islâmico.

O Oriente Médio, dissera nosso presidente, era o eixo do mal.

Eu via o perigo latente na narrativa, na caricatura que estávamos nos tornando, dois bilhões de muçulmanos rapidamente fundidos em uma massa apavorante e sem rosto. Estávamos sendo despojados de gradação, de complexidade. O noticiário estava nos transformando em monstros, o que tornava muito mais fácil nos assassinar.

Apertei o cigarro entre o polegar e o indicador, levantei-o contra o céu. Eu odiava o quanto eu gostava daquele passatempo nojento. Odiava como parecia me acalmar, me fazer companhia nas horas mais sombrias. Eu já podia sentir o punho abrindo meu peito e saboreei a sensação, fechando os olhos enquanto dava outra tragada, desta vez exalando a fumaça através da página murcha do jornal. A reportagem era sobre a imprudência de nossos ataques aéreos em aldeias afegãs, sobre como nossa inteligência militar era questionável; centenas de afegãos inocentes tinham sido mortos na busca por membros da Al Qaeda que nunca eram localizados. Reli o último parágrafo mil vezes:

"Os americanos estão o tempo todo cometendo esses erros", disse senhor Khan, pai de dois meninos, Faizullah, 8, e Obeidullah, 10, que foram mortos. "Como eles poderiam ser da Al Qaeda? Olhe para seus sapatinhos e bonés. Eles são terroristas?"

— Uau.

A voz veio do nevoeiro, do espaço sideral. Foi uma única palavra, mas me surpreendeu por seu peso e profundidade, sua firmeza. Fazia horas desde que eu falara com alguém além do policial, e eu parecia ter esquecido como os sons soavam.

Os nervos me espetaram.

Apressadamente, apaguei o cigarro, mas sabia que era tarde demais, sabia que não havia como negar o que estava fazendo. Eu faria 18 anos dali a seis semanas, mas isso não importava naquele momento. Eu ainda tinha 17 anos, e fumar era ilegal. Que estupidez.

Mas, então, o estranho riu.

O estranho riu e meu medo congelou, meu coração relaxou. Senti alívio por dois segundos antes de vislumbrar seu rosto. Ele entrou na zona iluminada pelo poste e os meus olhos focaram-se, desfocaram-se; minha alma saiu do corpo. Daí senti — sabia, de alguma forma, mesmo naquele momento, que eu não iria sobreviver àquela noite ilesa.

Ele não parava de rir.

— Minha querida irmã no Islã — disse ele, demonstrando horror. — *Astaghfirullah*. Que vergonhoso.

A vergonha era um produto químico poderoso. Tinha dissolvido meus órgãos, evaporado meus ossos. Eu estava com a pele solta espalhada sobre o concreto.

Ele não pareceu notar.

Colocou a mão no peito e continuou o show.

— Uma irmã mais nova de *hijab* — ele disse, como que se elevando sobre mim. — Sozinha, tarde da noite. Fumando. O que seus pais...

Ele hesitou.

— Espere. Você está sangrando?

Estava olhando para o meu joelho, para o rasgo na minha calça jeans. Uma mancha escura estava se espalhando lentamente pelo tecido.

Deixei cair o rosto em minhas mãos.

Uma mão alcançou meu braço, esperando minha cooperação. Não cooperei. Ele recuou.

— Ei, você está bem? — ele disse, sua voz mais gentil. — Aconteceu alguma coisa?

Levantei a cabeça.

— Eu caí.

Ele franziu a testa enquanto me estudava; desviei os olhos. Estávamos agora posicionados sob o mesmo feixe de luz, seu rosto tão perto do meu que me assustou.

— *Jesus* — ele disse baixinho. — Minha irmã é uma idiota.

Encontrei seu olhar.

Ele respirou fundo.

— Bom, vou levar você para casa.

Isso colocou meu cérebro em ação.

— Não, obrigada — falei rapidamente.

— Você vai morrer de pneumonia — disse ele. — Ou de câncer de pulmão. Ou... — ele balançou a cabeça, fez um barulho de desaprovação — de depressão. Você está mesmo lendo o jornal?

— Me ajuda a desestressar.

Ele riu.

Meu corpo ficou tenso ao som da risada. O peso do histórico abriu o chão sob mim, desenterrando velhos caixões, cadáveres de emoção. Havia mais de um ano que eu não falava com ele — nem estado tão perto — e não sabia se meu coração aguentaria um momento sozinha com ele agora.

— Eu já tenho uma carona para casa — menti, cambaleando para ficar na posição vertical.

Tropecei, engasguei. Meu joelho machucado gritou.

— Tem?

Fechei os olhos. Tentei respirar normalmente. Senti o peso do meu celular morto no bolso. O peso do dia inteiro equilibrado entre as minhas omoplatas. Eu estava congelando. Sangrando. Exausta.

Eu sabia que ninguém viria me buscar.

Meus ombros cederam quando abri os olhos. Suspirei ao fitá-lo, suspirei porque já sabia como estaria seu rosto. Cabelo castanho espesso tão escuro que parecia preto. Profundos olhos castanhos. Queixo forte. Nariz afilado. Excelente estrutura óssea.

Cílios, cílios, cílios.

Classicamente persa.

Ele revirou o olhar com a minha indecisão.

— Eu sou o Ali, a propósito. Não sei se você se lembra de mim.

Senti um lampejo de raiva.

— Não é engraçado.

— Não sei — disse ele, desviando o olhar. — É um pouco engraçado.

Mas seu sorriso havia desaparecido.

Ali era o irmão mais velho da minha ex-melhor amiga. Ele e sua irmã, Zahra, eram as duas pessoas em quem eu não queria pensar. Minhas memórias de ambos estavam tão saturadas de emoção que eu mal podia respirar em torno desses pensamentos, e mergulhar de cara no meu passado não ajudava o conteúdo do meu peito. Mesmo ali, naquela hora, eu mal estava me segurando, meus sentidos atacados pela mera visão dele.

Era quase cruel.

Ali era, entre outras coisas, o tipo de homem bonito que transcendia os círculos sociais insulares frequentados pela maioria dos membros das comunidades do Oriente Médio. Tinha o tipo de boa aparência que fazia os brancos esquecerem que ele era um terrorista em potencial. Apenas um cara de pele morena que encantava as devotas mães de alunos, deslumbrava professores mesmo quando estes eram racistas, inspirava as pessoas a aprenderem algo sobre o Ramadã.

Eu já tinha odiado Ali. Odiado por ele conseguir transitar entre os dois mundos tão facilmente. Odiado por ele não pagar um preço por sua felicidade. Mas, depois, por muito tempo, eu não o odiava mais.

De nenhuma forma.

Suspirei. Meu corpo cansado precisava se apoiar em algo, ou começar a se mover e não parar nunca mais, mas, no momento, eu não podia fazer nenhuma das duas coisas. Em vez disso, sentei-me novamente, dobrando-me sobre o concreto com toda a graça de um bezerro recém-nascido. Peguei o isqueiro esquecido no chão, passei o polegar pela roda acionadora.

Ali tinha ficado parado pelos últimos trinta segundos. Silencioso.

Então, eu falei.

— Você tem aula aqui?

Ele ficou quieto por mais um momento antes de exalar, parecendo voltar a si mesmo. Enfiou as mãos nos bolsos.

— Sim.

Ali era um ano mais velho que eu, e pensei que com certeza ele sairia do estado para fazer faculdade. Zahra raramente me dava detalhes sobre a vida do irmão, e eu não ousava perguntar; apenas presumi isso. O Ali que eu conhecia era inteligente sem esforço e tinha grandes planos para o futuro. Mas eu também sabia que as coisas poderiam mudar de repente. Minha própria vida estava irreconhecível quando comparada a um ano atrás. Eu sabia disso tudo, mas não consegui evitar dizer:

— Eu pensei que você tivesse entrado em Yale.

Ali se virou. A surpresa iluminou seus olhos por apenas um segundo antes que voltassem ao preto. Ele desviou o olhar novamente, e a dura luz do poste o recompensou, projetando as belas linhas de suas feições de maneira nítida. Ele engoliu em seco, o leve, quase imperceptível movimento gerando uma onda de sentimento no meu peito.

— Sim — disse ele. — Eu entrei.

— Então, por que você...

— Escuta, realmente não quero falar sobre o ano passado, ok?

— Ah. — Meu coração disparou de repente. — Tá.

Ele respirou fundo, exalou um certo grau de tensão.

— Quando você começou a fumar?

Abaixei o isqueiro.

— Eu realmente não quero falar sobre o ano passado também.

Ele então olhou para mim, me observou por tanto tempo que pensei que seu olhar fosse me matar.

Baixinho, ele perguntou:

— O que você está fazendo aqui?

— Faço uma disciplina aqui.

— Eu sei. Quis dizer o que você está fazendo *aqui* — ele acenou com a cabeça para o chão —, encharcada e fumando?

— Espere, como você sabe que faço uma disciplina aqui?

Ali desviou o olhar e passou a mão pelos cabelos.

— Shadi, sem essa.

Minha mente ficou em branco. De repente, me senti burra.

— Sem essa o quê?

INTENSA

Ele se virou para mim.

Encarou-me com um desplante descarado, quase me desafiando a desviar o olhar. Senti o calor daquele olhar em meu sangue. Senti nas minhas bochechas, na boca do estômago.

— Eu perguntei — ele disse.

Foi, ao mesmo tempo, uma confissão e uma condenação; senti o peso de uma vez. Ficou claro que ele havia perguntado a Zahra sobre mim, sobre a minha vida — mesmo agora, depois de tudo.

Eu não tinha perguntado sobre ele. Tinha tentado esquecê-lo completamente, sem sucesso.

— Ouça — disse ele, mas sua voz tinha ficado fria. — Se você já tem carona, vou te deixar em paz. Mas, se não, deixe que eu te leve para casa. Você está sangrando. Está tremendo. Está com uma aparência horrível.

Meus olhos se arregalaram com o insulto antes da parte racional do meu cérebro ter a chance de processar o contexto, mas Ali percebeu seu erro imediatamente. Falou com pressa.

— Eu não… Você sabe o que quero dizer. Você não está com uma aparência horrível. Você parece… — ele hesitou, os olhos fixos no meu rosto — …a mesma.

Senti a morte florescer em meu peito. Sempre tinha sido covarde demais para sobreviver à mais vaga sugestão de um elogio.

— Não. Você tem razão. — Apontei para mim mesma. — Pareço um gato afogado.

Ele não riu.

Não fazia muito tempo que eu descobrira que algumas pessoas me achavam bonita. Principalmente as mães. As mães da mesquita me amavam. Achavam que eu era bonita porque tinha olhos verdes e pele clara e porque uma boa parte das pessoas do Oriente Médio era racista. Viviam alegremente inconscientes desse fato; não tinham ideia de sua vergonhosa e descarada preferência por traços europeus. Um dia, eu também já fiquei lisonjeada por esse tipo de elogio, mas somente até aprender a ler um livro de história. Além disso, fora esse grupo de mães sem discernimento, apenas uma pessoa me dissera que eu era linda — e ela estava bem na minha frente.

Com alguma dificuldade, me levantei. O incômodo no meu joelho começava a diminuir, mas meu corpo tinha ficado todo dolorido. Cuidadosamente flexionei minhas juntas. Esfreguei meus cotovelos.

— Está bem — falei, enfim. — Eu agradeceria uma carona.

— Boa decisão.

Ali saiu andando; eu o segui.

Ele me guiou até o seu carro, sem nem mesmo olhar para trás e, de repente, ele surgiu bem ali, bem na minha frente: o Honda Civic prateado.

Aquele que quase me matou.

ANO PASSADO

PARTE II

MINHAS PREOCUPAÇÕES COM O moletom tinham sido quase todas esquecidas. A temperatura em queda me forçou a abandonar minhas reservas e ficar agradecida pela camada extra de calor.

Estremeci quando o sinal do almoço tocou. Levantei-me, juntei minhas coisas, peguei minha mochila. Estava muito mais quente dentro da escola do que fora dela, mas, mesmo com o aquecimento artificial, fiquei à beira do desconforto, encolhendo-me por baixo do tecido macio. Passei pelo corredor lotado e puxei as mangas muito longas sobre as minhas mãos cruzadas contra o peito. Parecia improvável que o moletom pertencesse a qualquer outra pessoa além de Mehdi, mas, mesmo que fosse de outra pessoa — quem saberia? —, era do modelo mais comum de moletom preto com capuz. Eu definitivamente estava pensando demais naquilo.

Ainda assim, não pude negar o *frisson* de sentimentos que passou por mim ao considerar a alternativa: que o moletom pertencia a outra pessoa, a alguém que eu conhecia, a alguém estritamente fora do meu alcance.

Minha respiração ficou irregular.

Zahra e eu tínhamos apenas uma aula juntas no semestre e, como eu chegara atrasada naquela manhã, ainda não tínhamos nos cruzado. Nossos pais ainda se revezavam para nos levar alguns dias por semana, mas os nossos horários, antes bem costurados, tinham começado a se desencontrar, e eu não sabia qual seria o efeito disso em nós. Mais do que qualquer outra coisa, eu sentia incerteza.

Todos os dias parecia que ela e eu estávamos oscilando à beira de algo — algo não necessariamente bom —, e isso me deixava nervosa. Muitas vezes eu sentia que estava pisando em ovos perto de Zahra, insegura do que dizer para não a chatear, sem saber que tipo de turbulência emocional ela poderia trazer ao meu dia. Isso fazia com que tudo parecesse uma provação.

Eu não sabia como consertar a situação.

Eu não sabia como dizer algo sobre a tensão entre nós sem soar como uma acusação. Pior, eu temia que ela pudesse usar qualquer reprovação que viesse a perceber como uma desculpa para se afastar de mim. Havia toda uma história entre nós — camadas e camadas de sedimentos que eu valorizava muito —, e eu não queria perder o que tínhamos. Eu queria apenas que fôssemos como antes, quando as antigas versões de nós não faiscavam com a menor colisão.

Dei um grito.

Alguém bateu em mim, arrancando o ar dos meus pulmões e os pensamentos da minha cabeça. O estranho murmurou um falso *Desculpe* antes de passar com tudo, e balancei a cabeça, decidindo parar de lutar contra a maré. Eu precisava deixar alguns livros no meu armário antes de me juntar a Zahra no nosso local de costume, mas parecia que a escola tinha a mesma ideia. A horda toda estava se dirigindo aos armários.

Eu ainda estava me movendo em ritmo glacial quando percebi uma leve pressão na base da espinha. Senti o calor de sua mão mesmo por cima do moletom, seus dedos roçando minha cintura ao serem retirados. O simples contato acendeu um fósforo contra a minha pele.

— Ei — disse ele, mas não estava olhando para mim.

Estava sorrindo para a multidão, abrindo caminho com os olhos.

— Oi.

Eu não conseguia mais me lembrar de sentir frio.

Ali olhou na minha direção. Ele tirara a mão de mim, mas se inclinou ao dizer — sem me olhar:

— Você está usando o meu moletom?

Quase parei no lugar. Rajadas gêmeas (prazer, vergonha) sopraram através de mim, e, então, dominando todo o resto...

Pânico.

Por fim, a multidão cedeu. Tínhamos chegado ao meu armário. Larguei minha mochila no chão, virei-me para encará-lo, senti a pressão da armação de metal contra as minhas omoplatas.

Ali estava me encarando com o mais estranho olhar em seu rosto, algo próximo da euforia.

— Eu não sabia que era seu — falei calmamente. — Minha mãe encontrou no carro dela.

Ele tocou um dos cordões azuis brilhantes, enrolou-o em torno de seu dedo.

— Sim — ele disse, encontrando meu olhar. — É meu.

Uma onda de calor coloriu minhas bochechas, e fechei os olhos como se fosse fazer alguma diferença, como se eu pudesse impedir que ambos fôssemos capazes de enxergar.

— Me desculpe — falei. — Eu não sabia.

— Ei, não se desculpe, eu não...

Com cuidado, sem desajeitar meu lenço, puxei o moletom sobre a cabeça e o entreguei, praticamente empurrando para ele.

— Shadi — ele franziu a testa, tentando devolvê-lo. — Eu não me importo de você usá-lo. Pode ficar com ele.

Eu estava balançando a cabeça. Não sabia como dizer nem mesmo um pouco sem dizer tudo.

— Não posso.

— Shadi. Para.

Eu me virei, girei a combinação do meu armário. Sem palavras, abri a mochila, troquei meus livros.

Ali se aproximou, inclinou a cabeça sobre meu ombro.

— Fique com ele — ele disse, a respiração soprando no meu rosto. — Quero que você fique com ele.

Senti meu corpo ficar tenso com uma dor familiar, um medo familiar. Eu não conseguia me mover.

— Ei.

Eu me endireitei ao som da voz de Zahra.

— Oi — cumprimentei, me forçando a falar.

Meu coração estava disparado por razões inteiramente novas.

Zahra aproximou-se.

INTENSA

— O que vocês estão fazendo? — E então, para mim, com uma quase risada: — Por que você acabou de dar seu moletom para o meu irmão?

— Ah, minha mãe o encontrou no carro dela hoje de manhã.

Zahra fez uma careta. Minha resposta não era uma resposta.

— Eu, hum, achei que fosse do Mehdi — emendei. — Mas é do Ali. Só estava devolvendo.

Zahra olhou para Ali — cujo rosto estava fechado agora. Ele me lançou um olhar antes de passar a mão pelo cabelo e colocar o moletom enrolado sob o braço.

— Até depois — ele disse para ninguém e desapareceu na multidão.

Zahra e eu ficamos ali em silêncio, observando-o ir embora. Meu coração não se acalmava. Eu me sentia como se estivesse ao vivo e em cores diante de uma bomba prestes a explodir.

Boom.

— Que merda foi essa, Shadi?

Eu tentei explicar:

— Eu não sabia que era dele. Estava atrasada e tinha esquecido o casaco e...

— Que mentira.

— Zahra — meu coração estava batendo contra o peito. — Eu não estou mentindo.

— Faz quanto tempo que você tá fazendo isso?

— O quê? Fazendo o quê?

— Isso, Shadi, *isso*. Ficando com o meu irmão.

— Ficando... — pisquei, minha cabeça girando. — Eu não estou...

— É isso que você estava fazendo ontem à noite? Ficando com o meu irmão?

Eu balancei a cabeça, certa de que aquilo era um pesadelo.

— Eu estava fazendo a tarefa de Física.

— Putz, você é inacreditável — ela disse. — Inacreditável, porra!

Algumas cabeças viraram pela segunda vez, os transeuntes sempre surpresos ao ouvirem uma garota com *hijab* falando palavrão no corredor. Baixei minha voz em algumas oitavas para compensar.

— Não há literalmente nada acontecendo entre mim e Ali. Eu juro por Deus. Eu juro pela minha vida.

Zahra ainda estava lívida, sua mandíbula tensa enquanto me encarava. Mas pelo menos parou de gritar, o que me deu esperança.

— Eu juro — repeti. — Não tinha ideia de que o moletom era dele. Foi uma manhã louca, e eu estava com pressa, então me esqueci de pegar o casaco, e minha mãe encontrou o moletom no carro dela. Ali deve ter esquecido lá em algum momento. Nós todas pensamos que fosse de Mehdi.

Zahra olhou para mim por um longo tempo e, embora fosse eu quem estava prendendo a respiração, foi ela quem finalmente exalou.

Lentamente — muito lentamente — a tensão deixou seu corpo.

Quando sua raiva se dissipou, ela parecia subitamente à beira das lágrimas.

— Você realmente não está saindo com o meu irmão?

— Zahra, fala sério. Dá para imaginar? Escute a si mesma.

— Eu sei. *Eu sei* — ela fungou e enxugou os olhos. — Argh, me desculpa. Você tem razão. Desculpa. Ele nunca se interessaria por alguém como você.

— Exatamente.

O quê?

— Quero dizer, sem ofensa nem nada — ela me lançou um olhar. — Mas você definitivamente não faz o tipo dele.

Tentei sorrir.

— Eu não faço o tipo de ninguém. A maioria das pessoas dá uma olhada em mim e sai correndo e gritando na direção oposta.

Ela riu.

Era uma brincadeira com um fundo de verdade.

De repente, Zahra baixou o rosto entre as mãos.

— Desculpa. Eu só estou… — ela suspirou, balançou a cabeça. — Me desculpa.

— Ei — eu disse, apertando seu ombro. — Vamos esquecer essa coisa toda? Por favor? Vamos almoçar.

Ela respirou fundo. Deixou para lá.

Nós fomos.

Só percebi mais tarde que ela não tinha respondido à minha pergunta.

DEZEMBRO

2003

SEIS

EU NÃO CONSEGUIA ACREDITAR.

Parei a uma distância do carro prateado, não me aproximei. O vento soprava contra as minhas pernas, empurrando o frio para dentro das minhas mangas, mas eu estava congelada no lugar, olhando para ele e para o Honda.

Finalmente, finalmente Ali se virou para mim.

— Foi você? — perguntei.

Ele teve a decência de parecer envergonhado.

— Minha irmã faz aula de Química aqui algumas noites por semana.

Eu já sabia daquilo.

— Minha mãe me faz trazê-la — ele completou.

Agora isso estava óbvio.

— Eu vi você se afogando na chuva — prosseguiu, enfim chegando ao ponto. — Eu queria te oferecer uma carona.

— Mas não ofereceu.

Ele respirou fundo.

— Zahra não me deixou.

Eu fitava meus pés agora, para os restos de uma folha presa nos cadarços.

Estava chocada.

— Você estava sem guarda-chuva — Ali continuou. — Mas ela não... Não sei. Eu não entendi. Ainda não entendi o que aconteceu entre vocês.

Aquilo era demais. Coisa demais para digerir.

Meses antes, quando declaramos oficialmente guerra contra o Iraque, a maioria dos meus amigos começara a chorar. Eu também tinha ficado arrasada, mas mantive minha cabeça baixa. Não discuti com pessoas que não pareciam entender que a Arábia Saudita, o Afeganistão e o Iraque eram todos países muito diferentes. Eu não disse nada quando a unidade de reserva do exército do meu professor de História foi chamada, não disse nada quando ele fez esse anúncio olhando na minha direção.

Eu não sei por que ele olhou para mim.

Era como se quisesse algo de mim, um pedido de desculpas ou uma demonstração de gratidão, não sei ao certo. Não escrevi nada além do meu nome no cartão que demos a ele em sua festa de despedida.

Os crimes de ódio estavam aumentando.

As comunidades muçulmanas estavam em crise. Mulheres estavam tirando seus lenços, homens mudando seus nomes. As pessoas estavam surtando. Nossas mesquitas foram grampeadas e incendiadas. No mês anterior, ficáramos sabendo que o Irmão Farid — Irmão Farid, o cara que sempre se voluntariava e ajudava a todos, o cara tão querido que tinha sido convidado para meia dúzia de casamentos no ano anterior — era um agente do FBI disfarçado.

Decepção.

Era uma época de mudança, turbulência, areias movediças. Pessoas estavam se destacando, mesmo os mais inúteis adolescentes transformando-se em ativistas e defensores da mudança. Até então, ninguém costumava se reunir para formar organizações de base, marchas pela paz.

Eu estava ficando cansada de todos.

Odiava a postura das pessoas na mesquita, as competições para provar devoção em face da perseguição. Eu odiava quando o propósito da fofoca era maldizer as mulheres que haviam tirado seus *hijabs*. As pessoas eram particularmente cruéis com as mulheres mais velhas, diziam que ficavam todas mais feias e decrépitas sem lenços. *Por que tirar o lenço quando já se está velha?* Havia quem se perguntasse e desse risada, como se a motivação de a mulher colocar o *hijab* tivesse algo a ver com torná-la mais ou menos atraente. Como se alguém tivesse algum direito de julgar o medo de outra pessoa.

Zahra tinha parado de usar o lenço.

Zahra, que tinha sido a minha melhor amiga por anos. Dois meses antes, ela tinha parado de usar o *hijab* e parado de falar comigo. Tirou-me de seu mundo — partiu meu coração — sem maiores explicações. Ela nem sequer olhava para mim na escola, não queria ser associada a mim. Por fora, seus motivos pareciam óbvios.

Mas eu sabia que não era bem assim.

Sabia que Zahra não tinha jogado fora seis anos de amizade por causa de uma única mudança. Ela escondera uma verdade por trás de outra verdade; nós nos separamos por uma boneca russa de motivos. Mas aquilo, naquela noite, descobrir que ela guardava aquele nível de ódio por mim, aquele tipo de raiva…

Eu me senti fisicamente mal.

— Eu sinto muito mesmo — Ali estava dizendo quando hesitou. — Na verdade, não sei por que estou me desculpando. Eu não fiz nada de errado.

— Não — eu disse. — Não, você não fez.

Algo molhado pousou no meu rosto e olhei para cima, cílios tremulando contra a garoa inesperada. Um vento forte sacudiu uma pilha de folhas mortas ao redor dos meus tornozelos. Cheirava a decomposição.

— Precisamos ir — Ali falou, seus olhos seguindo os meus para cima.

Ele estava com uma mão no teto do carro, a outra na porta do motorista.

— Não se preocupe com a Zahra, tá? Em geral eu espero na biblioteca enquanto ela está na aula, colocando a tarefa de casa em dia. Eu volto para buscá-la.

— Certo.

A chuva escorria pelo meu rosto, pingando dos meus lábios. Eu não me mexi.

Ali riu e franziu a testa. Olhou-me como se eu estivesse louca.

Talvez eu estivesse. Tentáculos de medo de repente agarraram a minha garganta, cravaram-se no meu crânio. Eu tinha me transformado em pedra. Senti aquilo subitamente, senti como uma bala no peito, fria e sólida e real...

Algo terrível tinha acontecido.

— Você está bem? — Ali abriu a porta do motorista; a chuva foi soprada para dentro do carro. — É sério, sinto muito pela minha irmã. Acho que ela está passando por muita coisa.

Ouvi um telefone tocando lá longe, a quilômetros de distância.

— É o seu? — eu me ouvi dizendo.

— O quê? — ele fechou a porta do carro. — Meu o quê?

— Seu celular. Tocando.

A cara de Ali endureceu, formando um sulco que beirava a irritação.

— Meu celular não está tocando. O celular de ninguém está tocando. Escuta...

Eu estava olhando para um único limpador de para-brisa no Honda Civic prateado de Ali quando meu telefone mudo tocou com um toque estridente que quebrou a noite, a minha paralisia.

Eu atendi.

De início, não consegui ouvir a voz da minha irmã. Ouvi apenas meu coração batendo forte, apenas o vento. Ouvi meu nome na terceira vez em que ela gritou, ouvi tudo que ela disse depois. Minha irmã mais velha estava histérica, gritando pensamentos pela metade e informações incompletas no meu ouvido, e tentei discerni-las, tentei fazer as perguntas certas, mas o celular caiu da minha mão trêmula, espatifando-se no chão.

Fiquei cega. Ouvi minha própria respiração, alta na minha cabeça, ouvi meu sangue correndo rápido em minhas veias.

Ali não conseguiu me alcançar antes de eu cair. Mergulhou na calçada meio instante depois, pegando a minha cabeça antes que fosse partida ao meio. Ele estava dizendo algo, gritando algo.

Por favor, meu Deus, pensei. *Meu Deus,* pensei. *Por favor, Deus,* pensei.

— Shadi? Shadi...

Voltei para o meu corpo com um suspiro repentino. Sentei-me com as pernas tremendo, firmando meus braços oscilantes. Meus olhos estavam selvagens; eu podia sentir isso, podia senti-los dilatando, dando voltas para a frente e para trás, concentrando-se em nada.

— O que está acontecendo? — Ali estava dizendo. — O que acabou de acontecer?

Eu fitava o chão.

Lembro-me disso, lembro-me de como o pavimento molhado brilhava sob a luz do poste. Eu me lembro do cheiro de sujeira, a pressão úmida da seda contra a minha bochecha. Eu me lembro da maneira como os galhos tremiam, de como meu corpo tremia.

— Preciso que você me leve ao hospital — falei.

SETE

ALI NÃO OLHOU PARA mim no caminho. Não falou nada. Não senti seus olhos em mim, não o senti se mover mais do que o absolutamente necessário para realizar sua tarefa.

Eu olhei para mim mesma.

De alguma forma, eu tinha me multiplicado, um lado da iteração sentado no assento do passageiro, o outro correndo ao lado do carro, olhando pela janela.

A primeira coisa que notei foi o corte no meu queixo. Pele recentemente serrilhada, sangue vermelho brilhante manchando minha mandíbula. A seda do meu lenço, que antes era verde-clara e cintilante, agora estava como um pântano, marcada com manchas de água. Eu tinha escolhido aquele lenço porque sabia que combinava com os meus olhos e porque eu não era muito prática.

Lenços de seda, em geral, eram usados por mulheres mais velhas; poucas garotas da minha idade davam conta do material escorregadio, optando por lenços básicos de algodão ou poliéster. Tecidos que ficavam no lugar sem dar muito trabalho.

Ficou claro que eu era uma idiota em muitos aspectos.

Meu lenço tinha sido empurrado para a frente e para trás tantas vezes que tinha se amontoado em alguns lugares, deslocado para trás. Meu cabelo já escuro estava escuro como breu molhado, fios soltos em volta do meu rosto, ondulando com a umidade. Sempre tinha sido pálida, mas agora minha palidez era como a de um cadáver. Eu parecia magra. Meus olhos estavam maiores e mais verdes. Vitrificados.

Eu não me achava feia. Mas também não acho que chamaria atenção se não fosse pelos olhos — pelas íris — de um verde frio e nítido daquilo que ainda não tinha amadurecido. Eu tinha herdado os olhos verdes do meu pai, e às vezes eu achava difícil não me ressentir de ambos.

Tinha tomado de fato consciência dos meus olhos no ano anterior, quando minha mãe começou a se trancar no armário. Eu me tornara ciente dos meus olhos porque outras pessoas se deram conta dos meus olhos. Meu rosto. Meu corpo. Tantas mulheres — sempre as mulheres, apenas as mulheres — falavam de mim, me dissecavam, minha pele, minha cintura, o tamanho dos meus pés, a inclinação do meu nariz, meus olhos, meus olhos, meus olhos.

Quando fiz 17 anos, definitivamente tinha me livrado da esquisitice extrovertida esperada da maioria das adolescentes da minha idade. Essa foi mais ou menos a época em que minha mãe não parava de chorar, enquanto eu ficava acordada na cama e orava a Deus para matar meu pai. Parei de rir tão alto, parei de correr de forma imprudente, de forma geral, parei de sorrir.

Eu tinha envelhecido.

As pessoas pensavam que eu estava crescendo, e talvez eu estivesse, talvez *isso* fosse crescer — uma espiral incerta em uma escuridão forrada de espinhos. Minha tristeza me tornou digna de ser olhada. Linda. Tinha me imbuído de uma espécie de dignidade, de um peso que não pude deixar de carregar. Eu sabia disso porque ouvia o tempo todo, ouvia das senhoras na mesquita que me elogiavam por meus lábios fechados, minhas mãos, minha relutância em sorrir. Eles me declaravam recatada, uma boa garota muçulmana de pele clara, olhos claros. Minha mãe recebera cinco propostas de casamento de outras mães, seus filhos crescidos parados atrás delas, radiantes.

Minha mãe ameaçou se mudar. Ameaçou deixar a mesquita. Mandou as mulheres para o inferno, entrou em casa batendo a porta. *Ela só tem 17 anos*, ela gritou.

Uma criança.

Não me lembro de ter entrado no hospital. Não me lembro do carro sendo estacionado e de abrir a sua porta. Não percebi de início que Ali viera comigo, não disse nada quando ele mentiu para a enfermeira, garantindo a ela que sim, que éramos irmãos, e que sim, que a paciente era nossa mãe.

Nossa mãe.

Não *minha* mãe. Não *minha* mãe, não *minha* mãe, minha mãe, que devia estar em casa olhando com indiferença para a parede ou então cantando desafinadamente canções persas muito melodramáticas na cozinha. Minha mãe era jovem, relativamente saudável, aquela que nunca ficara doente e que nunca, nunca tirava uma folga para si mesma. Aquilo só podia ser um erro, um erro cometido por Deus ou talvez por aquele cara, aquele de uniforme azul e um cordão pendurando no pescoço como a Dora, a Aventureira, aquele olhando de soslaio para a tela do computador enquanto pesquisa o número do quarto da minha mãe. Meu pai é quem tinha sido feito para aquele lugar, aquele destino. Meu pai, que ganhara o direito de ser assassinado por seu próprio coração, era ele quem devia ser o assunto de um telefonema semelhante, de uma convocação para o hospital, para uma justiça tardia.

Meu Deus, pensei, *isso não é engraçado.*

Eu vi minha irmã no exato momento em que o cordão de Dora, a Aventureira parou de balançar para cima e para baixo. Senti, mas não vi, quando o enfermeiro olhou para cima, disse algo… Um andar, um quarto, um número…

— Onde diabos você estava? — Shayda disse, marchando até mim, seu longo lenço azul-escuro ondulando ao seu redor.

Eu tive a ideia mais estranha ao vê-la se movendo com o lenço esvoaçante. Uma ideia tão estranha que quase ri. *Você parece uma água-viva*, eu queria dizer a ela. Tentáculos e elegância. Sem coração.

— Onde ela está? — perguntei, em vez disso. — O que aconteceu?

— Ela está bem — respondeu minha irmã bruscamente. — Estamos esperando a papelada, depois podemos ir embora.

Quase caí no chão. Procurei por um lugar para desmoronar, por um banco ou um canto desocupado, mas só consegui chegar até a parede, que eu encarei. Havia um terror na minha garganta tão grande que não consegui engolir.

Eu me virei.

Precisava andar, queria ver minha mãe, queria respostas e razões para dormir naquela noite, mas meus nervos não se acalmariam. Eu encarei minha irmã com olhos arregalados, asas batendo no meu peito.

— Ei, você está bem? — Ali disse gentilmente, me lembrando que ele estava lá.

Fitei-o sem vê-lo.

Shayda fez um som com a garganta, algo parecido com descrença.

Virei a cabeça, pisquei. A irritação dela se dissolveu, evoluindo conforme ela me media, analisava meu estado.

— Então é por isso que você não atendeu seu telefone? Muito ocupada fazendo seja lá o que for que vocês dois fazem — ela lançou um olhar enojado para Ali — para se importar com sua mãe, que está no hospital?

— O quê? — Ali disse, dando um passo à frente. — Não é…

Eu ainda estava olhando para minha irmã quando levantei a mão para interrompê-lo. Era para ser apenas um gesto, um sinal. Mas ele caminhou direto contra a palma da minha mão aberta, peito largo pressionado contra os meus dedos abertos. Senti o algodão quente, um vale raso, duro e planos suaves.

Retirei a mão.

Nossos olhos não se encontraram.

— Não se incomode com ela — eu disse baixinho.

Minha mãe odiava quando minha irmã e eu brigávamos, então eu raramente mordia a isca hoje em dia, mas, sem as nossas alfinetadas, ficamos com quase nada. Quando não estávamos brigando, raramente tínhamos razão para falar. Eu achava que ajudaria se a ignorasse, ainda assim, por algum motivo, meu silêncio só deixava minha irmã mais louca. Mesmo agora eu podia ver sua raiva crescendo, seu corpo tenso.

— O que você está fazendo aqui? — disse Shayda, virando-se para Ali. — Você sabe que pessoas podem ver você perto da gente, certo? Vão achar que você nos conhece. Ou, *aham*, até achar que você é muçulmano.

Ali fechou a cara.

— O que você...

— Por favor. Não entre na dela. Ignore, apenas.

— O que você quer dizer com *ignore, apenas*? Quando foi a última vez que você o viu na mesquita, Shadi? Quando foi a última vez que ele disse uma única palavra para qualquer um de nós? Ou para *Maman* e *Baba*? No mês passado, ele viu mamãe no mercado e ela só conversou com ele por um ou dois minutos, nada mais, mas, pelo jeito, já foi demais. Ele foi embora. Saiu pela porta. *Abandonou o carrinho no meio do corredor para não ter que esbarrar com ela novamente*. Você acredita nisso?

Encarei Ali, mas ele não me olhou de volta. Olhou para a parede — olhou para uma parede vazia e brilhante com uma raiva mal contida que eu nem sabia que ele possuía. Eu não podia processar aquilo naquele momento. Não naquele momento.

Minha mãe estava no hospital.

Eu me virei.

— Shayda... Por favor...

— O que você está fazendo mesmo com ele? Ele não se associa mais com pessoas como nós. Sua reputação não aguenta isso.

Eu senti Ali se mover antes de ver, de fato, o movimento. Ele caminhou em direção à minha irmã, parecendo repentinamente um assassino, os olhos brilhando. Pude ver que ele estava prestes a dizer algo e quase gritei apenas para interrompê-lo.

— Pare — pedi. — Shayda, você está gritando com a pessoa errada. *Por favor*. Por favor, apenas me diga o que aconteceu. Eu não conseguia entender o que você estava dizendo ao telefone. Ela está machucada? Como ela chegou aqui? Você teve que chamar uma ambulância?

O medo entrou e saiu do rosto de Shayda, denunciando-a. Seus olhos brilharam, depois se apagaram, a única evidência da guerra dentro dela, e naquele momento ela se transformou. De repente, tornou-se mais do que a minha irmã idiota — ela era a irmã que eu amava, a irmã por quem eu doaria um órgão, levaria um tiro. Eu a abracei, mesmo sentindo seu corpo enrijecido, segurando firme até ela se deixar amolecer. Ouvi o engate em sua respiração.

— Seja o que for, vai ficar tudo bem — eu sussurrei, e ela estremeceu.

Empurrou-me de volta. Tornou-se novamente uma estranha.

— Por que você está cheirando a cigarro?

O pânico tomou conta de mim.

Minta, gritei comigo mesma. *Minta, sua idiota.*

— A culpa é minha — disse Ali, e me virei, atordoada. Sua raiva sumira, mas agora ele parecia cansado. Exausto. — Foi mal.

— Agora você fuma também? — Shayda manifestou-se novamente. — Que nojento. E *haram*.

— Sério? — ele perguntou, as sobrancelhas levantadas. — Eu pensei que não era uma regra clara.

Os olhos de Shayda escureceram.

— Tanto faz. Você pode ir agora.

Ali não se mexeu. Ele desviou o olhar de Shayda, seus olhos encarando a parede, o teto, o chão. Mas não se mexeu.

Ele olhou para mim.

— Tem certeza de que quer que eu vá? Vocês têm carona para irem para casa?

— Shayda está com o carro dela — expliquei.

— E seu pai? Você quer que eu ligue para ele?

Eu ainda estava processando a situação, ainda tentando encontrar uma maneira organizada de explicar que meu pai provavelmente estava dormindo em um quarto não muito diferente daquele em que minha mãe estava, quando ele disse:

— E o Mehdi? Ele...

Ali congelou, tão subitamente que foi como se tivesse sido atingido por um raio.

Ele arrastou as mãos pelo rosto devagar.

— *Merda* — ele respirou. Fechou os olhos com força. — Eu sinto muito. Sinto muito.

Shayda foi embora.

INTENSA

Ela saiu, saiu sem dizer uma palavra, as linhas de sua forma magra ondulando a distância. Eu, eu tinha fossilizado no lugar. Fiquei olhando para a única lâmpada piscando no corredor bem iluminado, muito tempo depois de ela desaparecer de vista. Minha irmã estava errada com relação a muitas coisas, mas estava parcialmente certa pelo menos a respeito de uma: Ali não se associava mais a nós.

Fora surreal como acontecera, surreal quão diferente a minha vida havia se tornado em sua ausência. Ali e eu, Shayda e Zahra... Costumávamos nos ver todos os dias. No meu primeiro ano no ensino médio, todos nós pegávamos carona uns com os outros, nossas mães se revezavam nos levando para a escola. Uma vez que Ali e Shayda compraram seus próprios carros, eles se livraram disso, muito felizes por sua independência. Ainda assim, minha vida continuou cruzando com a dele. A vida dele continuou cruzando com a minha. Ali e eu estivéramos presentes na vida um do outro por cinco anos até que um dia, uma semana antes da morte do meu irmão, tudo se partira. Paramos de conversar no início do meu terceiro ano, último ano de ensino médio dele.

Da noite para o dia, nos tornáramos estranhos.

— Shadi.

Eu olhei para cima.

— Sinto muito — ele sussurrou. — Eu...

Balancei minha cabeça muito rápido.

— Ah, Ali. Tudo bem.

Sorri e percebi que estava chorando, meus olhos sangrando lágrimas lentas que não emitiam som. Minhas emoções finalmente transbordaram. Eu não sabia por que escolheram aquele momento, não sabia por que foram dirigidas para ele; mas eu sabia, mesmo naquela hora, mesmo que não pudesse fazer nada sobre isso, mesmo que a minha imagem parecesse aterrorizante.

Ali pareceu chocado; ele deu um passo à frente.

Saí andando.

OITO

A CHALEIRA ESTAVA CHIANDO. Olhei-a, o vapor ondulando, o corpo prateado de alumínio estremecendo no fogão, exigindo atenção. Tínhamos um velho fogão elétrico, sua tinta branca lascada em alguns lugares, gordura queimada respingada nas tampas das bocas. Estas estavam tortas, deixando o aquecimento assimétrico, de forma que nada aquecia uniformemente, o que tornava impossível cozinhar bem qualquer coisa naquele fogão, que era uma das vergonhas silenciosas da minha família. A única coisa que aquele fogão fazia bem era levar a água a uma fervura aceitável.

Eu baixei o fogo. Derramei a água quente da chaleira em um bule de porcelana, sobre as folhas à espera lá dentro. Enrolei tudo em uma toalha de mão e deixei a infusão descansar. Não tínhamos um samovar adequado, então, aquilo ia ter de servir.

Ouvi murmúrios de conversas vindos da sala, onde minha mãe e minha irmã estavam esperando. Eu queria, não queria me juntar a elas; queria, não queria saber sobre o que estavam conversando. Demorei-me na cozinha por muito tempo, organizando biscoitos em um prato, selecionando copos para o nosso chá.

Minha mãe pensara que estava tendo um ataque cardíaco. Shayda estava em casa quando aconteceu, ligou para o 911. Ela me ligou também, aparentemente, várias vezes, mas meu telefone moribundo tinha conectado apenas uma vez. A ambulância veio à nossa casa pela terceira vez em duas semanas, prendeu minha mãe na maca e a levou. Uma lâmpada fora derrubada, pequenas coisas foram desarrumadas. Havia marcas no carpete das botas dos paramédicos, das botas e de seus equipamentos.

Essa imagem gerou um arrepio frio pelo meu corpo.

Minha mãe pensara que estava tendo um ataque cardíaco, e eu podia entender por quê. Meu pai acabara de ter dois, ambos no mesmo mês. Ela o tinha visto e ouvido descrever, longamente, os sintomas, os possíveis sinais de alerta.

O médico fez todos os tipos de exames nela, mas vieram negativos. Ela não tivera um ataque cardíaco, ele disse.

Tivera um ataque de pânico.

Ela ficaria bem. Deram-lhe algo, algum medicamento que ela sem dúvida teria recusado se soubesse exatamente o que era, mas que ajudou a acalmá-la. Ajudou a acalmar a horrível gagueira em seu coração.

Por algum motivo, o médico pensara que eu era a filha mais velha. Ele nem perguntou, apenas presumiu, e fez um gesto para eu segui-lo para o corredor. Fechei a porta do quarto da minha mãe atrás dele. Shayda foi dar a volta com o carro. Minha mãe estava trocando de roupa. O médico deu um sorrisinho quando se virou para mim, deu um sorrisinho e disse...

— Você é a irmã mais velha, certo? Ouça, há algo que eu preciso conversar com você sobre sua mãe.

Talvez eu devesse ter contado a verdade. Não havia dúvida sobre a razão pela qual ele queria falar com a filha mais velha, certamente uma razão legal, moral ou psicológica segundo a qual eu era desqualificada, jovem demais para ouvir o que ele estava prestes a dizer. Mas minha curiosidade aterrorizada não me permitiu ir embora de uma oportunidade de saber mais sobre minha mãe. Eu queria saber o que estava acontecendo com ela. Eu *precisava* saber.

A princípio, o médico não disse nada.

Finalmente, ele suspirou.

— Eu percebi que seu pai está aqui no hospital também.

— Sim.

Ele tentou sorrir.

— Você está bem?

O calor subiu pela minha garganta, atrás dos meus olhos, queimou meu céu da boca. Eu engoli. Engoli.

— Sim — respondi.

Ele olhou para a prancheta, olhou de volta para cima. Suspirou novamente.

— Sua mãe tem histórico de depressão?

Pisquei para o médico, para a barba escura crescendo em seu pescoço, a máscara cirúrgica enfiada no bolso do casaco. Ele usava uma aliança de ouro antiga em seu dedo anelar, e naquela mão segurava também um estetoscópio. Havia uma mancha de algo em sua camisa, chocolate ou sangue, eu não sabia. Não sabia como eram seus olhos. Eu não pude conhecê-los.

Não entendi.

— Quando o seu irmão morreu — disse ele, e olhei para cima então, sentindo o golpe no peito, um estremecimento nos ossos. — Quando o seu irmão morreu, ela… — ele franziu a testa. — Tem sido difícil para ela? Mais difícil do que pode parecer normal?

A pergunta era tão estúpida que me atingiu com força no rosto.

O médico recuou, desculpou-se e tentou novamente.

— Não há maneira certa de dizer isso. Eu nunca tive que ter essa conversa com uma criança. Em geral, tenho essas conversas com um dos pais — ele respirou fundo. — Mas sinto que, considerando as circunstâncias, com seu pai em um estado delicado no hospital e sua irmã mais nova para cuidar… Acho que você deve saber o que está acontecendo aqui. Acho que você deve saber que eu recomendo fortemente que sua mãe procure ajuda profissional.

— Não estou entendendo — eu não queria entender.

— Ela está se cortando — disse ele bruscamente, com raiva, como se me odiasse por obrigá-lo a dizer isso em voz alta, a dizer isso a uma criança. — Ela está se machucando. Acho que ela precisa fazer terapia.

Ele me deu um folheto, um pedaço de papel com algo escrito nele e me garantiu que haveria mais informações no arquivo dela, com a enfermeira ou com alguém, em algum lugar. Ele tinha recomendado um médico, um programa. Uma terapia do luto.

— Ela vai ficar bem — disse ele, dando um tapinha no meu ombro. Quase caí no chão. — Ela só precisa de tempo. E precisa de apoio.

Levei a bandeja de chá para a sala com as mãos trêmulas, vidro estremecendo contra o metal, tilintando contra si mesmo.

Minha mãe estava sorrindo para algo que minha irmã dizia, suas mãos delicadas cruzadas no colo. Ela era uma mulher bonita, esbelta, com olhos grandes e escuros. Poucos tinham o privilégio de vê-la assim, seus longos cabelos em cascata sobre o ombro, em uma única onda castanha. Ela ergueu os olhos quando entrei. Sorriu ainda mais.

— *Bea beshin, azizam.* "Venha sentar-se, minha querida."

Ela me agradeceu por fazer chá, agradeceu quando enchi a xícara para ela e me agradeceu novamente quando lhe entreguei. Ela estava se esforçando demais, e isso fazia meu coração disparar.

— Lamento ter assustado você — disse ela em farsi, com os olhos brilhando. Ela riu e balançou a cabeça. — De qualquer forma, *khodaroshokr* — graças a Deus —, está tudo bem. O médico disse que eu só preciso dormir mais. Este chá está excelente, aliás.

Não estava. Eu tinha levado tempo demais para retirá-lo, e a temperatura tinha caído um pouco abaixo do aceitável, que era quente a ponto de queimar a garganta. Se estivesse sendo ela mesma, minha mãe o teria devolvido.

Até minha irmã pareceu perceber isso.

— O chá está frio — Shayda disse, franzindo a testa.

Foi um exagero grosseiro. O chá estava bem quente, quente o suficiente para qualquer pessoa sã. Só não estava *fervendo*.

— O chá está bom — disse minha mãe, acenando com desdém. Ela tomou um gole. Ainda estava falando em farsi. — Seu pai está melhor, aliás. Acham que ele poderá voltar para casa em breve.

— O quê? — empalideci. Quase derrubei minha xícara. — Achei que eles tivessem dito que a situação era crítica. Achei...

— Você é inacreditável, Shadi.

Olhei para cima, surpresa, encontrando os olhos da minha irmã.

— Você nem consegue esconder a decepção. Você estava *torcendo* para ele morrer? Que tipo de pessoa horrível torce para o pai morrer?

Eu senti aquele calor pungente e familiar subir pela minha garganta novamente, pressionar contra meus dentes, selar o branco dos meus olhos.

A enfermeira encontrou cortes nos pulsos e nas pernas, o médico tinha dito. *Alguns eram relativamente novos. Ela já lhe disse algo que tenha feito você pensar que ela pode ser um risco para si mesma?*

Minha mãe balançou a cabeça.

— Não seja ridícula — rebateu ela em farsi. — Que coisa caluniosa para se dizer sobre alguém.

— Mas ela não nega que seja verdade.

Minha mãe se virou para mim com os olhos arregalados.

— Shadi?

O calor cresceu na base da minha garganta. Abanei a cabeça, prestes a mentir uma mentira linda e perfeita, quando a campainha tocou.

Fiquei em pé.

Feliz com a interrupção e por ser a única entre nós ainda de lenço. Toquei minha cabeça distraidamente, a seda murcha, de alguma forma, ainda intacta. Fiquei maravilhada com isso, com como tinha esquecido de tirá-lo. Tinha esquecido de fazer todo tipo de coisa. Esquecido de comer, por exemplo. De tomar banho. Tinha esquecido de enfaixar o corte no meu joelho, esquecido de lavar o sangue do meu queixo.

Essa foi a primeira coisa que minha mãe me disse quando me vira, a primeira coisa que ela fez. Ela pegou meu queixo na mão e gritou comigo, exigiu saber o que eu tinha feito na minha cara, como se meu ferimento fosse maior do que o dela.

Ela não sabe que estou lhe dizendo isso, dissera o médico. *Ela me implorou para não contar a você e à sua irmã.*

INTENSA

Eu engoli o calor crescente, engoli a ardência aguda. Fui em direção à porta da frente e ouvi a chuva uivar, açoitando as janelas. Peguei a maçaneta assim que minha mãe riu, o suave garganteio partindo meu coração.

Abri a porta.

Pela segunda vez naquele dia, alguém estava diante de mim erguendo a minha desleixada mochila azul. As roupas de Ali estavam molhadas. Seu cabelo estava encharcado. Os cílios estavam fuliginosos, brilhando com a umidade. No brilho quente da luz da varanda, eu o vi como não o vira antes: hiper-real, multidimensional. Ele era alto, até imponente, a pele de um tom dourado sem manchas, as linhas do rosto afiadas, lindas. Antes sem nenhuma barba, agora um pouco sombreada, o que dava uma profundidade inesperada à sua aparência. Ele provavelmente não passava horas na frente do espelho. Provavelmente não tinha ideia de sua aparência, da imagem que ele apresentava. Uma única gota de chuva escorreu por sua testa, escorregando pelo nariz e se alojando entre os lábios.

Ele os abriu.

— Você esqueceu isso no meu carro — disse ele calmamente.

Meus olhos estavam se enchendo de lágrimas de novo, tinham ameaçado fazer isso a noite toda. Empurrei o exército com toda a força, sentindo o fogo viajar pelo meu esôfago, incendiar minhas entranhas.

— Você está bem? — ele não parava de me fazer essa pergunta.

Estava me olhando impiedosamente, seus olhos demorando-se no meu rosto, no corte no meu queixo. Senti o atrito entre nós tão palpavelmente quanto senti a batida do meu coração. Ele estava com raiva. Com medo. Fitou-me com uma autoridade que achei surpreendente, com uma preocupação que eu não sentia há muito tempo. Eu o observei engolir enquanto esperava. Seu pescoço estava molhado; o movimento era hipnotizante.

— Por favor — ele sussurrou. — Por favor, me responda.

Eu não levantei a cabeça.

— Você está bem?

— Não — respondi, e peguei a mochila.

Eu ouvi sua expiração; era um som torturado.

— Shadi...

— Quem é? — minha mãe perguntou, a voz vindo da sala. — É uma entrega?

— Tchau — falei baixinho e fechei a porta na cara dele.

NOVE

Se eu fosse uma mosca empoleirada de cabeça para baixo, as pernas agarradas a uma fibra do teto, eu teria visto um mar de cabeças cabeludas curvadas sobre os papéis distribuídos em cima das mesas, mãos humanas cerradas em torno do lápis número dois, cada assento exibindo uma cena semelhante, exceto um.

O meu.

Minha cabeça de seda girava em movimentos agudos e erráticos, minha mente incapaz de se acalmar. Estava fazendo a prova da disciplina avançada de História da Arte, uma prova para a qual não tivera a oportunidade de me preparar. Tinha adormecido na noite anterior sobre a seda murcha, totalmente vestida e congelando, e acordado sobre meu próprio sangue. A ferida no meu queixo tinha se aberto enquanto eu dormia, e encontrei evidências desse fato no meu travesseiro, em meu cabelo, manchando minhas pálpebras. Nos meus sonhos, meus dentes tinham apodrecido, caído da boca, eu havia berrado gritos imaginários que não faziam nenhum barulho e se confundiam com o despertador, meu peito apertou de terror.

Parecia meu companheiro constante esse sentimento, essa palavra.

Terror.

Isso me assombrava, me atormentava, terror, aterrorizante, terrorista, terrorismo, essas eram as minhas definições no dicionário, assim como meu rosto e sobrenome, primeiro nome, data de nascimento.

Eu tinha me esforçado mais do que o normal naquela manhã, convencida, de alguma forma, de que o delineador fosse tirar a atenção do curativo no queixo. Eu não queria que o mundo conhecesse meus segredos, não queria que minhas feridas ficassem abertas diante das multidões e, ainda assim, não tinha como escapar. Já tivera de ouvir a piadinha de alguém que pensou que eu não ouvi, em voz baixa, uma risada, um risinho: "Parece que alguém deu um soco na cara da Osama ontem à noite", seguido por um "Ah, meu Deus, Josh, cala a boca", tudo perfeitamente finalizado com um coro de risadas. Eu era como um peru sendo desossado e partido todos os dias, cada passante ávido por um pedaço. Minha carne tinha sido tão completamente arrancada que agora eu era mais osso do que carne, com pouco sobrando além da medula.

Analisava a folha impressa à minha frente, a tinta como se estivesse nadando. Meus olhos pareciam perpetuamente quentes, superaquecidos, meu coração mal digerido no meu intestino. Toquei o lápis na página, olhei para o bloco de texto que eu deveria analisar, uma pintura que deveria reconhecer. Pela terceira vez na última meia hora, senti um par de olhos em meu rosto.

Desta vez, não fingi que não estavam lá.

Desta vez, levantei minha cabeça e olhei na direção deles. Os olhos desviaram-se rapidamente, o rosto familiar curvado mais uma vez sobre a folha dela, a mão rabiscando furiosamente.

Graças à natureza da disciplina de História da Arte — e à interminável quantidade de tempo que passávamos olhando para slides —, nossa aula era realizada no único anfiteatro do *campus*. Nós nos sentávamos em um círculo incompleto, nossos assentos elevados gradualmente descendo em cascata, voltados para um único pódio no meio da sala, atrás do qual havia uma tela enorme. Naquele momento, o professor estava de sentinela ali no centro, observando-nos de perto enquanto trabalhávamos. Nossa classe não tinha assentos pré-designados, mas eu sempre me sentava no fundo, onde as mesas eram mal iluminadas e, quando Zahra olhou para mim pela quarta vez, fiquei impressionada que ela conseguia me enxergar.

Sua atenção em mim não era um bom presságio.

INTENSA

Eu olhei para a minha prova novamente. Trinta minutos, e eu tinha escrito apenas quatro coisas: meu nome, minha turma, o número do período e a data. Meus olhos se fixaram no ano.

2003.

Senti minha mente espiralar, rebobinar a própria fita, como uma bobina de fita cassete girando para trás. Memórias surgiram e dissolveram-se, sons se transformaram em *flashes* de luz. Invoquei uma impressão vaga e distorcida de mim ligeiramente mais nova, maravilhada com a ingenuidade dela. Um ano atrás, eu não tinha ideia da extensão do que aconteceria comigo. Não tinha ideia, mesmo depois de tudo, de como eu iria sobreviver.

Minha respiração ficou presa.

A dor me atingiu sem aviso, um dardo na garganta. Eu me forcei a respirar para me acalmar, me forcei a voltar ao momento presente, à tarefa urgente em mãos.

Tínhamos apenas mais vinte minutos e eu ainda não havia respondido a uma única pergunta. Peguei meu lápis, decidida a me concentrar.

Meus dedos se fecharam no ar.

Fiz uma careta. Olhei ao redor. Estava prestes a desistir do instrumento de escrita que pensei ter, prestes a pegar outro na mochila quando alguém me tocou, suavemente, no ombro.

Eu virei.

Sem palavras, meu vizinho entregou meu lápis.

— Você deixou cair — ele murmurou.

Fitei-o por apenas um momento a mais, minha mente captando a mensagem até meu corpo reagir atrasado.

Meu coração estava disparado.

— Obrigada — eu finalmente disse, mas até mesmo o meu sussurro foi muito alto.

Ignorei alguns olhares fugazes dos meus colegas, sentei-me de volta no assento. Espiei de soslaio novamente meu vizinho, embora não disfarçadamente o suficiente. Ele encontrou meu olhar, sorriu.

Desviei meu olhar, preocupada por ter parecido mais do que casualmente interessada no cara. Noah. O nome dele era Noah. Ele era um dos poucos alunos negros na escola, o que era o suficiente para torná-lo memorável, mas, mais do que isso, ele era novo. Tinha sido transferido cerca de um mês atrás, e acho que nunca tinha falado com ele até aquele momento. Na verdade, eu não conseguia me lembrar de ter sentado perto dele. Por outro lado, havia quarenta e cinco alunos na classe, então eu não podia confiar na minha memória; eu tinha me tornado péssima para perceber detalhes. Por outro lado de novo, não acho que estivesse tão fora de mim a ponto de não perceber quem se sentava ao meu lado.

Afundei ainda mais na minha cadeira.

Concentre-se.

A pintura mal impressa na minha prova de repente ficou nítida. Duas mulheres estavam trabalhando juntas para decapitar um homem, uma o segurando contra o colchão enquanto ele lutava, a outra serrando a garganta dele com uma adaga. Bati meu lápis contra a imagem; meu coração batia nervosamente no peito.

Fechei os olhos por um segundo, dois segundos, mais.

O reaparecimento de Ali na noite passada trouxera à tona sentimentos que eu não tinha me permitido sentir por meses. Eu raramente me permitia pensar no ano anterior, meu terceiro ano de ensino médio; com frequência, eu pensava que era um milagre ainda estar viva para me lembrar daqueles dias. Em setembro do ano passado, meu coração fora deixado para morrer sob uma avalanche de emoção tríplice:

Amor. Ódio. Luto.

Três golpes diferentes desferidos em rápida sucessão. Fiquei chocada ao descobrir, todos aqueles meses depois, que o ódio era o mais difícil de superar.

Artemisia Gentileschi.

O nome dela me veio de repente: *Artemisia Gentileschi*, uma das pintoras do século XVII mais aclamadas e, ao mesmo tempo, esquecidas pela crítica. Minha mente voltou às informações que tinha memorizado um dia, nomes e datas que transformei em cartões de memória. Nascida em Roma em 1593. Morta em Nápoles, 1653.

INTENSA

Eu sabia as respostas, mas minha mão não se mexia. Senti meus pulmões se contraírem enquanto o pânico inundou meu peito. As pontas dos meus dedos estavam dormentes, faiscando de volta à vida. Eu mal conseguia segurar o lápis.

Esta pintura pode ser atribuída a um discípulo de Caravaggio com base em qual dos seguintes aspectos formais?
A) Paleta monocromática
B) Tenebrismo dramático
C) Composição piramidal
D) Grisalha proeminente

Meu relacionamento com Zahra já estava pesado, mas, em setembro passado, as tensões entre nós alcançaram seu ápice, sem um ímpeto óbvio para isso. Mesmo assim, passara o último ano de nossa amizade navegando em um labirinto de agressão passiva, aparando todos os dias os insultos velados que ela arremessava em minha direção. Só me ocorreu agora que Zahra mantivera nossa amizade um ano a mais do que ela queria.

Ela não tinha sido uma pessoa tão repreensível a ponto de me chutar quando eu já estava no chão; tivera misericórdia suficiente, pelo menos, para me poupar de tal golpe logo depois da morte do meu irmão. Eu devia ter previsto isso. Devia, mas fui deliberadamente cega. Eu estava tão atolada na tristeza, tentando sobreviver às brigas noturnas dos meus pais, ao rigor do terceiro ano do ensino médio, desesperada por qualquer migalha de algo conhecido, desesperada para me agarrar a uma amiga que conhecia minha história, pelo refúgio que era a casa dela. Eu não fora capaz de poupar o gasto emocional necessário para ver o que estava bem na minha frente: que a minha melhor amiga tinha começado a me odiar.

A me *odiar*.

Quando o sinal tocou, entreguei a prova em branco.

ANO PASSADO

PARTE III

ANO PASSADO

PARTE III

MINHA MÃE ESTAVA ESPERANDO por mim depois da escola, sua minivan cor de champanhe presa entre dois modelos quase idênticos.

Eu sabia que sua minivan era cor de champanhe — não uma variação de bege, não um tom de marrom, mas champanhe, especificamente, porque o vendedor que a tinha vendido para os meus pais enfatizara a cor como uma vantagem na venda.

Meus pobres pais ficaram escandalizados. Sentaram o vendedor e explicaram a ele que não bebiam álcool, que não queriam um carro champanhe, que poderia ser outro. Eu sorri me lembrando dessa história — Mehdi adorava contá-la em eventos sociais — e andei em direção à nossa minivan bêbada, Zahra logo atrás. Buscar a gente depois da aula era um pesadelo logístico, mas minha mãe há muito havia encontrado uma maneira de administrar isso: ela chegava meia hora mais cedo, e geralmente levava um livro. Hoje, no entanto, ela estava apertando os olhos através de seus óculos de leitura para as páginas brilhantes de uma revista, uma publicação que não consegui identificar imediatamente.

Bati na janela quando chegamos, e minha mãe deu um pulo no banco. Ela se virou e fez uma careta para mim, abaixando a revista.

— Oi — eu disse, sorrindo para ela.

Minha mãe revirou os olhos e sorriu. A porta lateral se abriu e todos nós trocamos olás, sentamos em nossos assentos. O interior da minivan cheirava vagamente a salgadinho de queijo, que, por alguma razão, eu achava reconfortante.

Minha mãe tirou os óculos de leitura.

— *Madreseh khoob bood?* "Foi tudo bem na escola?" — Depois, para Zahra: — Zahra, *joonam, chetori?* "Zahra, querida, como você está?" Como está a sua mãe?

Zahra estava ocupada respondendo à minha mãe em farsi impecável quando percebi, de repente, a revista descartada no console.

Eu a peguei.

Era uma edição antiga da *Cosmopolitan* com uma foto altamente retocada de Denise Richards. Sob o nome dela, lia-se: *Seja safada com ele!* E, como se isso não fosse alarmante o suficiente, havia a chamada em letras garrafais:

Nosso Melhor Segredo de Sexo

Eu olhei para cima. Zahra estava dizendo algo para minha mãe sobre cursinhos preparatórios para o exame de ingresso no ensino superior, e mal pude esperar. Eu a interrompi.

— Ei — falei, sacudindo a revista para minha mãe. — Ei, o que diabos é isso?

Minha mãe ficou imóvel. Ela me dirigiu um único olhar antes de inserir a chave na ignição.

— *Man chemidoonam* — ela respondeu. "Como é que eu vou saber?" — Estava no consultório do dentista.

Zahra riu.

— Hum, *Nasreen khanoom* — "Sra. Nasreen" —, eu não acho que você devia levar as revistas embora.

— *Hā? Vaughan?* — Minha mãe ligou o carro. "Ah? Jura?"

Eu estava balançando a cabeça. Não acreditei por um segundo que minha mãe achasse que as revistas velhas e sujas do consultório do dentista podiam ser levadas embora.

— Então, o segredo é bom? — perguntei. — Porque diz bem aqui — examinei a capa de novo — que é *um segredo tão quente, tão impressionante, que os especialistas estão delirando com ele.*

Minha mãe estava dirigindo agora, mas ainda conseguiu olhar para mim pelo espelho retrovisor.

— *Ay, beetarbiat.* "Ai, menina mal-educada."

Eu estava lutando contra um sorriso.

— Não minta, *Maman*. Eu vi você lendo.

Ela então disse algo em farsi, uma expressão difícil de traduzir. Para simplificar: ela ameaçou chutar minha bunda quando chegássemos em casa.

Eu não conseguia parar de rir.

Zahra havia roubado a revista e agora estava folheando a matéria em questão. Lentamente, ela olhou para mim.

— Ai, meu Deus — sussurrou. — Eu amo sua mãe.

Minha mãe murmurou algo como "O que faço com essa garotada?" em farsi e depois ligou o rádio.

Minha mãe adorava música pop.

Naquele momento, ela era fã fiel de Enrique Iglesias, porque crescera ouvindo o pai dele, Julio Iglesias. Quando Enrique fora apresentado pela primeira vez no rádio, ela apertou o coração e suspirou. Agora ela defendia Enrique Iglesias como se fosse seu dever cívico, como se Julio estivesse ouvindo e ela desejasse deixá-lo orgulhoso. Agora mesmo, *Escape* estava explodindo no alto-falante, no que era sem dúvida um esforço para abafar nossas vozes.

— Ei — gritei —, você não vai se safar tão facilmente.

— *Chi?* — ela gritou de volta. "Quê?"

Tentei um decibel mais alto:

— Eu disse que você não vai sair dessa facilmente.

— O quê? — ela colocou a mão em concha na orelha, fingindo não ouvir.

Lutei contra outra risada e balancei minha cabeça para ela. Ela sorriu, colocou os óculos escuros, ajeitou o lenço e foi gentilmente dançando com a cabeça ao som da música.

— Ei — Zahra bateu no meu joelho. — Shadi?

Eu me virei e ergui as sobrancelhas.

— Oi?

— Estamos, tipo, a cinco minutos da minha casa — disse ela, olhando pela janela. — E eu só queria, antes de chegar, queria pedir desculpas. De novo. Por hoje.

— Ah — eu disse, surpresa. — Tudo bem.

— Não está tudo bem. Eu não devia ter atacado você daquele jeito — ela se recostou no banco e olhou para as mãos. — É só que Ali... Ele sempre consegue tudo, sabe? As coisas são tão fáceis para ele. Relacionamentos. Amizades. Ele não sabe como é ser eu, como é usar o *hijab* e como as pessoas podem ser horríveis, como é difícil fazer amigos.

— Eu sei — falei gentilmente. — Eu sei.

— Eu sei que você sabe — ela então sorriu, seus olhos brilhando com o sentimento. — Você é a única que entende. E tudo é tão... — ela balançou a cabeça, olhou pela janela. — A escola parece hostil agora. Você se lembra daquele cara que tirou meu lenço?

Eu enrijeci.

— É claro.

— Ele continua me seguindo — disse ela, engolindo em seco. — E isso está realmente me assustando.

Senti meu peito apertar de pânico e lutei contra ele, mantive meu rosto plácido para não a alarmar.

— Por que você não me contou?

— Não sei. Achei que talvez estivesse imaginando coisas.

— Nós vamos denunciá-lo — eu disse bruscamente. — Temos de contar para alguém.

Zahra riu.

— Como se isso fosse fazer alguma diferença.

— Ei — peguei suas mãos, apertei nas minhas —, olha, eu vou ficar mais com você. Vou te acompanhar até a aula. Para você não ficar sozinha.

Ela respirou fundo, o peito estremecendo quando exalou.

— Isso é idiota, Shadi. Toda essa situação é tão idiota. Por que nós ainda temos que ter essas conversas? Por que eu sinto medo o tempo todo? Por quê? Por causa de um bando de ignorantes babacas?

— Eu sei. Eu sei, também odeio isso.

Ela balançou a cabeça, afastando a emoção.

— Eu estou apenas... Desculpe, estou descontando em você. Não foi minha intenção.

— Eu sei.

— Todo mundo está diferente agora. Todos os meus antigos amigos. Até mesmo alguns dos professores — ela desviou o olhar. — Acho que estou preocupada que vou perder você também.

— Você não vai me perder.

— Eu sei — ela riu e enxugou os olhos. — Eu sei. Sinto muito. Eu sei.

Mas, quando ela olhou para cima novamente, ela parecia incerta. Sussurrou:

— Então você realmente não está saindo com o meu irmão?

— Zahra — suspirei. Sacudi minha cabeça. — Por favor.

— Desculpe, eu sei, estou louca — ela fechou os olhos com força. — Eu só… Não sei. Às vezes preciso ouvir você dizer isso.

Roubei um olhar furtivo da minha mãe, que agora estava dirigindo embalada pela música da Nelly.

— Zahra — falei bruscamente. — Não estou saindo com o seu irmão.

Ela sorriu com isso, parecia subitamente encantada.

— E você não vai, tipo, se apaixonar por ele e me largar?

Eu revirei meus olhos.

— Não. Não vou me apaixonar por ele e te largar.

— Promete?

— Tá, agora você está começando a me irritar.

Ela riu.

Eu ri.

E, assim, ganhei a minha melhor amiga de volta.

DEZEMBRO

2003

DEZEMBRO

2005

DEZ

Saí da sala de aula com a maré, grata, como eu me sentia na maior parte dos dias, porque a nossa escola era o lar de quase três mil alunos, entre os quais eu conseguia desaparecer. Eu também achava que tinha sorte de haver uma quantidade razoável de alunos muçulmanos — e de algumas meninas com *hijab* —, assim não precisava suportar sozinha o peso da representação. Recentemente, eles tinham formado a União de Estudantes Muçulmanos, um clube para conferências e diálogos inter-religiosos em que os membros respondiam pacientemente às perguntas ignorantes das pessoas. A presidente da UEM já tinha me abordado algumas vezes, me convidando generosamente para seus eventos, e eu nunca havia tido a coragem de recusar. Em vez disso, eu fazia algo mais detestável, que era fazer promessas que nunca tive a intenção de cumprir. Evitava andar com aqueles colegas não porque não os admirasse, mas porque eu era uma casca de pessoa com pouca força para dar, e não acho que eles entenderiam isso. Ou talvez eu estivesse com medo de que eles entendessem.

Talvez eu não estivesse pronta para conversar.

Nos dois meses após Zahra e eu termos nos separado, eu almoçava sozinha. Estava cansada demais para juntar o entusiasmo necessário para iniciar conversas com pessoas que não sabiam os detalhes íntimos da minha vida. Eu preferia sentar-me longe das multidões, sozinha com meus pensamentos otimistas e meu jornal otimista. Só recentemente meus inúmeros charmes haviam atraído um estranho para a minha mesa: uma intercambista do Japão que sorria com frequência e falava pouco. Seu nome era Yumiko. Éramos perfeitas uma para a outra.

Tenebrismo dramático.

Isso me atingiu de repente, como um tapa na cabeça. A resposta era B. Tenebrismo dramático. Um claro-escuro menos intenso.

Droga.

Suspirei enquanto seguia o mar de alunos pelo corredor. Eu não tinha outras aulas antes do almoço e precisava trocar meus livros. Milagrosamente, meu corpo sabia disso sem avisar; o recurso de piloto automático piscou em meu cérebro e foi guiando meus pés pelo trajeto de sempre até meu armário. Abri caminho através de um emaranhado de corpos, encontrei a caixa de metal onde guardava minhas coisas, girei o botão da fechadura. Minhas mãos se moviam mecanicamente, trocando livros didáticos por outros livros didáticos, meus olhos não vendo nada.

Demorou muito pouco para Zahra me emboscar.

Virei-me e lá estava ela, cachos castanhos e olhos amendoados, sobrancelhas franzidas perfeitamente bem cuidadas, braços cruzados sobre o peito.

Ela estava brava.

Dei um passo para trás, senti a ponta afiada do meu armário aberto cravando em minha espinha. Era coisa da minha cabeça, eu sabia disso mesmo naquele momento, mas pareceu que o mundo parou por um instante, a luz baixou, a lente de uma câmera foi focada. Segurei a respiração e aguardei o acontecimento, esperei por algo, senti muito medo.

Quando Zahra havia me cortado pela primeira vez de sua vida, eu não tinha ideia do que estava acontecendo. Não entendi por que ela tinha parado de almoçar comigo, não entendi por que ela havia parado de retornar as minhas ligações. Ela me arrancou de sua árvore da vida com tamanha eficiência que eu nem percebi o que acontecera até me espatifar no chão.

Depois disso, eu a deixei em paz.

Não questionei, não insisti em explicações. Uma vez que entendi que ela tinha me expulsado sem sequer um adeus, eu não me odiei o suficiente para implorar para que ela ficasse perto de mim. Em vez disso, sofri em silêncio — na privacidade do meu quarto, sob o chuveiro, no meio da noite. Tinha aprendido com a minha mãe a esconder a dor mais importante para permitir que fosse sentida apenas a portas fechadas, com apenas Deus como testemunha. Eu tinha outros amigos, conhecia outras pessoas. Eu não estava desesperada para ter companhia.

Ainda assim, tinha sonhos violentos com ela. Gritava com ela em meu delírio, soluçava enquanto ela ficava parada ao meu lado e me olhava com o rosto impassível. Fazia perguntas que ela não respondia, dava socos que nunca acertava. Parecia estranho encará-la agora.

— Oi — eu disse calmamente.

Seus olhos brilharam.

— Quero que você pare de falar com o meu irmão.

Um peso frio atingiu meu peito, perfurando um órgão vital.

— O quê?

— Eu não sei o que você está pensando, nem por que você pensaria isso, mas você tem que parar de dar em cima dele. Ficar longe dele, ficar longe de mim, e ficar bem fora da minha vida...

— Zahra, pare — eu disse bruscamente. — *Pare.*

Meu coração estava tão acelerado que o senti latejar na cabeça.

— Eu não estou falando com o seu irmão. Eu encontrei com ele ontem por acaso, e ele me levou para...

— Por acaso.

— Sim.

— Você o viu por acaso.

— Sim, eu...

— Então você o viu por acaso, ele te deu uma carona para casa por acaso, você deixou sua mochila no carro dele por acaso, você estava vestindo o moletom *por acaso.*

Eu respirei fundo.

Algo cintilou nos olhos de Zahra, algo semelhante a triunfo, e minha compostura foi derrubada. A raiva encheu minha cabeça com velocidade estonteante, um calor sombrio cobrindo a minha visão. Por nada menos que um milagre, lutei contra isso.

— Eu já disse cem vezes — enfatizei — que eu não sabia que era dele. Achei que aquele moletom fosse do Mehdi. E não sei por que você se recusa a acreditar em mim.

Ela balançou a cabeça, desgosto estragando o rosto que já foi tão familiar para mim.

— Você mente muito mal, Shadi.

— Eu não estou mentindo.

Ela não estava ouvindo.

— Toda vez que eu perguntava se algo estava acontecendo entre você e meu irmão, você sempre agia assim, inocente e magoada, como se não tivesse ideia do que eu estava falando. Não consigo acreditar que você realmente pensou que eu era tão burra. Não consigo acreditar que você pensou que eu não descobriria.

— Descobrir o quê? Do que você está falando?

— Ali — disse ela com raiva. — Meu irmão. Você achou que eu não juntaria as peças? Achou que eu não notaria o que você fez com ele? Deus, se era pra ficar com o meu irmão, o mínimo que você podia ter feito era não partir a porra do coração dele.

— O quê? — eu estava em pânico. Podia me sentir em pânico. — É isso que ele te disse? Ele te disse isso?

— Ele não precisava me dizer. Foi muito fácil eu juntar as peças. — Ela fez um gesto com a mão. — Um dia ele chega em casa parecendo ter levado um tiro no peito e, no dia seguinte, ele para de falar com você para sempre.

— Não — eu estava balançando minha cabeça, balançando com tanta força que senti tontura. — Não, não foi isso que aconteceu. Você não entende...

— *Mentira*, Shadi.

Seus olhos brilhavam com uma raiva que me assustou, me preocupou. Dei um passo involuntário para trás, mas ela seguiu.

— Você mentiu para mim por anos. Você não só ficou com o meu irmão pelas minhas costas como partiu o coração dele, e pior de tudo... Meu Deus, Shadi, o pior de tudo, você fingia ser tão perfeita e bondosa, quando todo esse tempo você era apenas uma vadia, uma mentirosa de merda.

Senti, de repente, como se tivesse ficado entorpecida.

— Eu só queria que você soubesse — ela prosseguiu. — Eu queria que você soubesse que eu sei a verdade. Talvez ninguém mais veja por trás das suas mentiras… Talvez todos na mesquita pensem que você é uma santinha… Mas eu conheço você. Então fique bem longe da minha família.

E foi embora.

Eu fiquei lá, olhando para o nada até que o sinal final tocou, até que o caótico corredor se tornou uma cidade fantasma. Eu ia chegar atrasada para minha próxima aula. Fechei os olhos com força, tentei respirar.

Eu queria, desesperadamente, desaparecer.

Zahra e eu tínhamos sido amigas desde os 11 anos; eu a tinha conhecido junto com Ali. Nossa família era nova na cidade e meus pais queriam que fizéssemos amigos, então eles enviaram Shayda, Mehdi e eu para um acampamento de verão muçulmano, um acampamento do qual nenhum de nós queria participar. Tinha sido a nossa aversão comum às tardes de verão repletas de sermões religiosos que nos unira. Se ao menos eu soubesse, naquela época, que inauguraríamos nosso fim com uma emoção comum semelhante.

Zahra sempre tinha me odiado um pouquinho.

Sempre dissera isso como se fosse uma piada, uma frase engraçadinha, como se fosse normal revirar os olhos e dizer vez ou outra "Ai, meu Deus, eu te odeio tanto" para a pessoa que era, ao que tudo indicava, a sua melhor amiga. Por anos, seu ódio pareceu inofensivo o suficiente para ser ignorado — ela odiava a maneira como eu evitava tomar café, odiava como eu levava o mau-olhado a sério, odiava a música triste que ouvia, odiava como eu me tornava uma menina certinha e obediente quando estava falando farsi —, mas, naquele último ano, seu ódio havia mudado.

Acho que, no fundo, sempre soubera que não duraríamos como amigas.

Eu sabia sobre a velha dor de Zahra; sabia que ela tinha sido usada e descartada por outras meninas que fingiam interesse por ela apenas para se aproximarem de seu irmão. Eu tentava ser sensível a isso, certificando-a de que a nossa amizade era mais importante para mim do que qualquer coisa. O que eu não tinha percebido era quão paranoica ela se tornara ao longo dos anos, como ela projetara em mim suas próprias inseguranças. Ela já estava tão certa de que eu a trocaria por Ali que quase cumprira sua própria profecia apenas para estar certa, apenas para provar para mim — e para ela mesma — que eu sempre tinha sido uma péssima amiga.

De uma hora para outra, ela passara a odiar tudo que tinha a ver comigo.

Ela odiava o quanto seus pais gostavam de mim, odiava como eles sempre me convidavam para fazer coisas com eles. Mas, acima de tudo, ela odiava, *odiava* que eu pedisse com frequência para ir à casa dela.

Senti uma onda de calor passar pela minha pele com essas memórias, uma vergonha ancestral recusando-se a morrer.

Eu só quero saber por quê, entende? Por que você sempre quer vir aqui? Por que você está sempre aqui? Por que você sempre quer passar a noite? Por quê?

Eu dissera a ela a verdade mil vezes, mas ela nunca acreditara em mim por mais de uma semana antes de criar novas suspeitas. E, assim por diante, meus gritos ressoando, como sempre, despercebidos.

ONZE

LARGUEI MINHA MOCHILA NO concreto úmido e pedregoso e me sentei no meio-fio sujo. Encarei o mar de carros brilhantes instalando-se silenciosamente no estacionamento de um shopping ao ar livre.

Então, isso é que é liberdade.

Yumiko e eu tínhamos almoçado juntas vezes o suficiente para eu desenvolver um senso de obrigação em relação aos nossos encontros. Eu sempre tentava avisá-la quando não iria almoçar, mas, quando a convidei para dar uma escapada da escola, ela gentilmente me lembrou que ainda estava no terceiro ano. Só estudantes do último ano do ensino médio eram autorizados a sair da escola para almoçar, mas, como o tempo era curto — e eu não tinha carro —, o shopping era o mais longe a que eu já tinha ido, o que diminuía a minha motivação para fazer o esforço de sair.

Naquele dia, no entanto, eu precisava dar uma caminhada.

Comprei uma fatia de pizza em um lugar que eu adorava, administrado por um cara chamado Giovanni. Giovanni não disfarçava a sua decepção quando eu aparecia. Giovanni sempre começava a suar quando eu entrava, movendo-se nervosamente enquanto eu pedia. Giovanni e eu sabíamos que o verdadeiro nome dele era Javad, e ele nunca me perdoara por lhe perguntar, em voz alta, na frente de uma longa fila de pessoas, se ele era iraniano.

Quando negou, parecendo horrorizado com a insinuação, fiquei pasma. Olhei para os desenhos de giz de cera colados na parede atrás de sua cabeça, bonequinhos de palito trêmulos com títulos como *baba* e *amoo*.

Pai. Tio.

Eu não sabia que era segredo. Seu sotaque iraniano era tão forte que fiquei surpresa que alguém fosse burro o suficiente para aceitá-lo como italiano. E eu tinha ouvido coisas tão boas sobre a pizzaria do Giovanni que, quando apareci pela primeira vez e descobri um homem persa atrás do balcão, fiquei encantada. Orgulhosa.

Javad nunca mais me olhou nos olhos.

Mordi a fatia de pizza fria, peguei o jornal do cós da minha calça. Abri com uma mão e dei uma segunda mordida na pizza com a outra. Senti um pavor familiar ao percorrer as manchetes e me preparei para um mergulho profundo em uma nova crise existencial.

— Ei — um corpo desabou ao meu lado com uma expiração, bloqueando minha visão de uma minivan particularmente suja. — Tudo bem se eu sentar aqui?

Eu encarei, sem piscar, o recém-chegado.

Dizer que fiquei confusa é pouco para o turbilhão de pensamentos que de repente invadiu minha cabeça. Noah, da aula de História da Arte, estava sentado ao meu lado, e fiquei boquiaberta, como se ele tivesse aberto um terceiro olho. Esqueci-me completamente de como ser educada.

O sorriso de Noah desapareceu.

Ele pegou o prato, o papel marcado com a gordura da pizza.

— Eu posso sair daqui — disse ele, movendo-se para se levantar. — Eu não quis atra...

— Não. Meu Deus. Não, claro que você pode ficar — soltei rapidamente, alto demais. — Por favor, fique. Fiquei apenas... Surpresa.

Seu sorriso apareceu de volta, maior desta vez.

— Legal.

Tentei dar um sorriso antes de pegar meu jornal novamente. Sacudi o vinco, tentei voltar ao ponto que estava lendo. Não me importava de Noah sentar ao meu lado, desde que ele ficasse quieto. Eu não tivera a chance de terminar de ler uma reportagem sobre as semelhanças assustadoras entre as guerras do Iraque e do Vietnã, e tinha esperado o dia todo para voltar a ela. Dei outra mordida na pizza.

— Então, hum, seu nome é Shadi, certo?

Olhei para cima. Senti o mundo distante voltar ao foco.

Vi apenas os olhos de Noah por cima do jornal e percebi, então, que nunca tinha reparado nele de perto. Dobrei o jornal; o resto de seu rosto apareceu. Os cachos pretos dele eram cortados perto da cabeça, seus olhos fundos alguns tons mais escuros do que a pele negra. Ele tinha traços especificamente marcantes: as maçãs do rosto, a linha do nariz. Ele era inegavelmente bonito. Eu não sabia por que estava falando comigo.

— Sim. — Fiz uma careta. — Você é o Noah?

— Sim. — Seus olhos brilharam. Ele parecia encantado com isso, com a revelação de que eu sabia seu nome. — Acabei de me mudar para cá. Tipo, mês passado.

— Ah. Nossa. — Fiz um gesto com a minha pizza para o estacionamento úmido e deprimente. — Eu sinto muito.

Ele riu.

— Não é assim tão ruim.

Ergui uma sobrancelha.

Ele reprimiu outra risada.

— Sim, tudo bem. É bem ruim.

Abri um sorriso. Peguei o jornal.

— Então, hum, você é muçulmana, certo?

Eu ainda estava lendo quando disse:

— Como você descobriu?

Ele riu pela terceira vez. Eu gostei do fato de ele rir com facilidade. O som de sua risada fazia meu coração disparar um pouco.

— Sim — eu disse, meu rosto enterrado no jornal. — Sou muçulmana.

Gentilmente, ele empurrou o jornal para baixo, afastando-o de mim, e vacilei um pouco com a sua proximidade, recuei alguns centímetros. Ele me fitava com uma alegria mal contida, como se estivesse lutando contra um sorriso.

— O quê?

— Tá — ele disse, enfim. — Eu vou dizer algo agora e, por favor, não leve a mal nem nada... — ele ergueu as mãos —, mas não imaginei que você seria tão engraçada.

Ergui as sobrancelhas. "Não leve a mal nem nada?"

— Você parece tão intensa o tempo todo — completou ele, todo o seu corpo como um ponto de exclamação. — Tipo, por que você está sempre lendo o jornal? Não parece saudável.

Fiz uma careta para ele.

— Eu sou masoquista.

Ele franziu a testa de volta.

— Isso não significa que você gosta de machucar os outros?

— Significa que gosto de me machucar.

— Estranho.

— Ei, como você sabe que estou sempre lendo o jornal?

O sorriso de Noah sumiu. Ele pareceu repentinamente nervoso.

— Olha... Por favor, não surte.

— Jesus Cristo.

— Espere... Você está falando comigo? — Ele apontou para si. — Ou está apenas se lembrando de figuras bíblicas?

Meus olhos se arregalaram.

Ele não conseguia parar de rir, nem mesmo quando disse:

— Tá bom, tá bom, honestidade completa: eu tenho, tipo, tentado achar uma forma de conversar um pouco com você.

Suspirei. Larguei o jornal.

— Deixe-me adivinhar: você é um assassino em série.

— Não, não sou! Eu juro, eu só... Prometi fazer um favor à minha mãe, e eu não sabia exatamente como me aproximar de você.

Eu me endireitei. Noah de repente ganhou toda a minha atenção; eu estava cem por cento apavorada.

— Que tipo de favor?

— Nada de esquisito.

— *Ai, meu Deus.*

Ele falou apressado.

— Pois é, então, minha mãe estava me deixando na escola um dia e viu você, daí quis que eu falasse com você.

— Por quê?

Agora eu preferiria não ter saído da escola para almoçar. Nem ter deixado Noah se sentar ao meu lado.

Ele suspirou.

— Porque somos novos aqui, e meus pais estavam procurando uma mesquita para ir, e minha mãe pensou que você...

— Espere. — Levantei a mão e o interrompi. — Você é muçulmano?

Ele franziu a testa.

— Eu não falei?

Bati nele com o jornal.

— O que diabos há de errado com você? Você me deu um puta susto!

— Eu sinto muito! — Ele se afastou. — Desculpe. Minha mãe viu uma garota com *hijab* e me enviou nessa missão de falar com você como se fosse normal, e não é normal. É bem estranho.

Eu olhei para ele.

— Mais estranho do que *isso*?

— Você tem razão. Perdão.

Mas sua tentativa de penitência foi desmentida pelo sorriso.

— Então? Você pode me ajudar?

Suspirei.

— Sim.

— Legal.

— Mas juro por Deus — eu disse, estreitando os olhos para ele — que, se você acabar sendo um agente do FBI disfarçado, vou ficar muito brava.

— O quê? — Seu sorriso desapareceu. — Agente do FBI?

Senti uma culpa instantânea.

Noah pareceu subitamente assustado, tão diferente de seu semblante alegre um momento atrás, e não gostei de ter colocado aquele olhar em seu rosto. Sua família acabara de se mudar para cá; não devia tê-lo assustado.

— Nada. — Forcei um sorriso. — Só estava zombando da situação.

INTENSA

— Ah — ele disse. — Certo.

Mas a cautela em sua face dizia que ele não tinha certeza se devia acreditar em mim.

Tentei superar aquilo.

— Então, há algumas mesquitas por aqui — expliquei —, mas a que é frequentada pela minha família tem uma congregação predominantemente persa. Eu posso indicar outra...

— Ah, não, está ótimo. — O sorriso de Noah voltou por completo. — Minha mãe vai adorar. Eu sou meio persa.

Fiquei pasma. Eu o encarei, de queixo caído.

— O quê?

Ele estava rindo novamente.

— Nossa, você precisava ver a expressão no seu rosto.

— Você é meio persa?

— E falo um pouco de farsi. — Ele limpou a garganta, fez uma grande encenação. — *Haleh shoma chetoreh?*

— Até que não foi tão ruim — afirmei, tentando não rir. — Então... Sua mãe é persa?

Ele assentiu.

— Sim.

— Isso é tão legal. Fico muito feliz.

Ele arqueou uma sobrancelha.

— Por que feliz?

— Não sei — hesitei. — Acho que pensei que a maioria dos persas era racista.

Noah congelou, arregalando os olhos. Daí caiu na gargalhada a ponto de se inclinar para a frente. Ele riu tanto que atraiu a atenção dos transeuntes, que pararam para olhar a fonte do som desenfreado.

— Ei! Pare. — Cutuquei seu braço para chamar a atenção. — Por que está rindo?

Ele balançou a cabeça e enxugou as lágrimas dos olhos.

— Eu estou apenas... — Ele deu de ombros, balançou a cabeça novamente, o corpo ainda tremendo com risadas silenciosas. — Nossa, Shadi. Nossa!

— *O quê?*

— Estou feliz por você ter dito e não eu.

Ele inspirou, prendeu o ar e depois soltou enquanto olhava para longe.

— Nossa, minha mãe vai adorar isso. Você não tem noção da merda que os meus pais tiveram de enfrentar.

— Eu imagino.

— Bom, você seria a primeira a tentar. As pessoas nunca querem admitir que temos problemas como esse em nossas próprias comunidades.

Ele suspirou, balançou a cabeça e se levantou com um pulo.

— Agora temos de ir. Vamos nos atrasar.

Percebi, então, que nem sabia que horas eram. Fazia muito tempo que eu não passava o horário de almoço focada em qualquer outra coisa que não fossem as fraturas do meu coração e, quando fiquei de pé, estava me sentindo um pouco mais leve.

Noah e eu jogamos fora nossos pratinhos e voltamos para a escola. Eu lhe disse o nome da nossa mesquita. Dei-lhe um número de telefone para sua mãe poder ligar. Estávamos quase de volta à aula quando eu lembrei…

— Ah, ei, estarei lá neste fim de semana, na verdade. Minha irmã e eu somos voluntárias nas noites de sábado para ajudar as pessoas a aprenderem a usar o computador, configurar endereços de e-mail, essas coisas. Se seus pais quiserem passar por lá, posso apresentá-los às pessoas.

Meus sorrisos estavam vindo mais facilmente agora.

— Temos muitos refugiados em nossa comunidade — expliquei. — Pessoas que fugiram do Afeganistão, do Talibã, para salvar suas vidas. Há pessoas em nossa mesquita com famílias inteiras que foram decapitadas por Saddam Hussein. A maioria delas chegou aqui sem nada e precisa de ajuda para recomeçar.

— Nossa — disse ele, ficando sério rapidamente.

— Sim — eu concordei. — As histórias são loucas.

— Loucas, como?

Uma brisa forte entrou na minha jaqueta, e lutei, por um momento, para fechar o zíper.

INTENSA

— Não sei — disse eu, enfiando as mãos nos bolsos. — Tipo, você sabe o que é burca?

Ele assentiu.

— Bem, aparentemente eles são realmente bons para esconder pessoas. Imagine disfarçar toda a sua família, homens, mulheres, crianças, naquelas burcas, e correndo para se salvar pelas montanhas e pelos desertos do Afeganistão, rezando para não serem descobertos e executados.

— Puta merda.

Paramos abruptamente em um cruzamento.

Noah se virou para mim com os olhos arregalados.

— Você conhece mesmo pessoas que fizeram isso? Passaram por isso?

— Sim — respondi, apertando o botão para a faixa de pedestres. — Elas frequentam a nossa mesquita.

— Isso é... Louco.

O tom solene de Noah — e seu silêncio prolongado — me tornou ciente, um pouco tarde demais, da tensão sombria com a qual carreguei a conversa. Ainda estávamos esperando na faixa de pedestres, observando silenciosamente os segundos passando, até o semáforo mudar de cor.

Tentei salvar o momento.

— Ei — soltei, colando um sorriso no rosto —, será bom vocês se juntarem a nós na noite de sábado. Podemos até pedir pizza.

Noah riu e ergueu as sobrancelhas para mim.

— Essa é uma oferta e tanto.

— Também é importante lembrar — continuei — que será extremamente chato.

— Que maravilha. — Ele balançou a cabeça lentamente, o sorriso ficando cada vez mais amplo. — Quer dizer que devo recusar? Não, obrigado.

— Honestamente, se recusasse, eu não julgaria você.

Ele riu.

Noah e eu tínhamos aulas em direções diferentes, então nos separamos quando chegamos ao estacionamento da escola. Ele já estava a vários metros de distância quando se virou e gritou:

— Ei, eu encontro você amanhã no almoço. — Apontou para mim. — Vou até trazer o meu jornal.

Permaneci sorrindo depois que ele desapareceu de vista.

Senti-me estranhamente alegre, mais como uma pessoa real do que há muito tempo. Tentei me apegar a esse sentimento enquanto passava pelos veículos estacionados, mas minha sorte acabou de repente.

Eram momentos como esse que me faziam acreditar no destino.

Parecia impossível que apenas a coincidência pudesse explicar as milhares de pequenas decisões que eu tinha tomado naquele dia que haviam me levado àquela posição exata, precisamente naquela hora, à pessoa errada na hora errada. Tudo ao meu redor de repente pareceu acontecer em câmera lenta, a cena abrindo espaço para os meus pensamentos, minhas emoções não processadas. E, então, subitamente, o momento me trouxe de volta com um suspiro.

Meu suspiro.

A respiração deixou o meu corpo com uma única exalação dolorosa quando as minhas costas bateram contra o metal, minha cabeça girando.

Uma garota estava parada na minha frente. Meus ouvidos ainda estavam zumbindo do impacto, da virada brusca que meu corpo teve de fazer para se achatar contra um veículo estacionado. Eu contei quatro cabeças — três meninas, um cara. A que me empurrou tinha longos cabelos loiro-acinzentados que se moveram junto com o seu gesto, e fiquei olhando aquelas ondas amarelas enquanto ela me apunhalava a clavícula com um único dedo, seu rosto se contorcendo enquanto ela gritava.

Senti minha mente se dissolver.

Meu cérebro se retirou do corpo, o pânico fechando meu sistema nervoso. Tudo pareceu se desconectar dentro do meu crânio. Ouvi as palavras dela como se estivessem a distância, como se eu estivesse assistindo à cena de fora. Eu a ouvi dizer que era para eu voltar de onde eu viera, ouvi quando me chamou de cabeça-de-toalha-suja,

INTENSA

olhei-a conforme ela olhou para mim, seus olhos brilharam com uma violência que tirou meu fôlego.

E então, de repente, ela parou.

Ela tinha acabado, dando-se por satisfeita, apenas algumas frases de raiva e foi isso, o momento acabou. Fiz uma careta. Eu pensei, por alguma razão, que haveria mais, algo novo. Eu já havia sido parada pelo menos uma dúzia de vezes por pessoas que falaram aquelas mesmas coisas para mim, e eu estava começando a perceber que nenhuma delas falava uma com a outra, comparando seus posicionamentos, formando um só grupo.

Ela recuou e me soltou.

Eu me endireitei muito rápido, quase entorpecida. Sangue correndo de volta à minha cabeça, meus nervos voltando à vida. Sons pareciam agora muito altos, o chão muito longe. Meu batimento cardíaco estava estranho.

A garota estava me olhando feio.

Olhando feio para mim como se estivesse confusa, talvez desapontada. E, então, tão de repente que eu praticamente pude ver o instante em que ela respondeu à própria pergunta, seus olhos brilharam.

— Ai, Jesus, você nem fala a minha língua, né? — Ela começou a rir. — Você nem fala a porra do inglês.

Ela riu sem parar, agora histericamente, como uma hiena.

— Essa merdinha nem sabe falar — ela disse para o céu, para a lua, para seus amigos, e eles riram, riram e riram.

Aquilo também não era novo. As pessoas sempre partiam do princípio de que eu não podia ter nascido no país. Sempre achavam que eu não era americana, que inglês não era a minha primeira língua.

As pessoas, eu sabia, pensavam que eu era burra.

Eu não me importava.

Fechei meus olhos, deixei a dor vazar do meu corpo. Esperei até eles se cansarem de mim, esperei que fossem embora. Eu esperei, silenciosamente, porque não havia mais nada que eu pudesse fazer.

Tinha prometido à minha mãe que nunca me envolveria com fanáticos, nunca responderia, nunca faria uma cena. Shayda se recusava a fazer tais promessas para minha mãe, então minha mãe apelava para mim, implorando-me para ser razoável, para ir embora, para exercitar o autocontrole que Shayda se recusava a praticar. Por isso eu prometi. Jurei. Levava os golpes pela minha mãe, só pela minha mãe. Ela era a razão pela qual eu raramente falava, a razão pela qual eu não brigava.

Minha mãe.

E a polícia, para ser honesta. A polícia e o FBI. A CIA. O Departamento de Segurança Nacional. A Lei Patriótica. A Baía de Guantánamo. A *No Fly List*.

Quando abri meus olhos novamente, o grupo havia sumido.

Eu me recompus, juntei meus ossos. Fui para a aula, pernas instáveis, abrindo e fechando minhas mãos trêmulas. Senti meu coração endurecendo enquanto me movia pelos corredores, senti-o ficando mais pesado.

Um dia, eu temia, ele apenas despencaria para fora do corpo.

DOZE

Sentei-me na grama molhada depois da escola, puxei os joelhos até o queixo ferido. Eu estava perigosamente perto de algo que parecia uma inundação, oceanos represados atrás dos meus olhos. Não estava esperando por uma carona para casa naquele dia; eu estava apenas cansada. Havia já um mês que meu pai não estava trabalhando, e minha mãe tinha iniciado um emprego de meio período em uma loja de departamento para ajudar a completar o orçamento, o que significava que a misericórdia de minha irmã era o eixo em torno do qual meu mundo girava — o que significava que meu mundo era frequentemente estático, impiedoso.

Levantei a cabeça, respirei fundo, aspirei o cheiro do vento frio e da sujeira molhada em meu corpo.

Petricor.

Era uma palavra estranha, uma palavra excelente.

"Você sabe que há uma palavra para isso, certo?", Ali me dissera uma vez. "Para esse cheiro. Cheiro de água atingindo a terra".

Eu estava no quintal da minha velha casa, sob a garoa, quando Ali dissera aquelas palavras, caminhando em direção a mim no escuro. Nossa sala de estar tinha uma porta de vidro de correr que abria para o quintal, e ele a tinha deixado aberta atrás de si; fitei além dele, além de seu passo leitoso, de sua silhueta, para o brilho de corpos na sala, todos rindo, conversando. Remanescências da conversa transportada até nós na escuridão, e o efeito foi inesperadamente aconchegante. A família de Ali tinha vindo jantar, mas desapareci após a sobremesa, querendo escapar da comoção por um momento com a brisa da noite.

— Você deixou a porta aberta — avisei. — Todos os insetos vão entrar.

Ele sorriu.

— É chamado de petricor.

Assenti e sorri de volta.

— Eu sei como é chamado.

— Claro — ele riu. Olhou para o céu. — É claro que você sabe.

— Ali, os mosquitos vão comer todos vivos.

Ele olhou para trás.

— Alguém vai fechar a porta.

Revirei os olhos para ele e comecei a me dirigir para a casa.

— Eles não vão notar até que seja...

Pulei para trás, de repente, quando meu pé afundou em um trecho enlameado de grama, e imediatamente colidi com Ali, que estava me seguindo para dentro. Eu estava usando um vestido de seda naquele dia de verão, mas quando ele me tocou, era como se eu não estivesse usando nada. O tecido delicado não amorteceu o golpe de sensação; senti suas mãos em mim como se estivessem pressionadas contra a minha pele, como se eu estivesse nua em seus braços.

Também senti quando ele se deu conta de mim, da minha forma sob suas mãos. Quando batemos um contra o outro, ele me pegou pelas costas; não consegui ver seu rosto. Em vez disso, senti seu peito pressionado contra mim, ouvi a mudança em sua respiração quando nos tocamos, quando suas mãos congelaram onde pousaram. Uma das palmas estava aberta contra a minha barriga, a outra segurando firme meu quadril. Ele me soltou lentamente, com cuidado excruciante, como se tivesse agarrado uma bola de cristal no ar. Os dedos roçaram meu torso ao recuarem, patinaram sobre o meu umbigo. Nós dois ficamos quietos, os sons da nossa respiração amplificados no silêncio.

Ali finalmente recuou, mas senti o sussurro de seu toque na base da minha espinha, senti seu peito se mover enquanto ele inspirava, exalava. Suavemente — tão suavemente que era pouco mais

INTENSA

103

do que uma ideia — seus dedos traçaram o recuo na minha cintura, a curva dos meus quadris.

— Meu Deus, Shadi, você é tão linda que às vezes eu nem consigo te olhar.

Eu fiquei ali, meu coração martelando no meu peito, meus olhos fechando com um som, um som desesperado que escapou dos meus lábios, destruiu o sonho. Voltei a mim mesma com uma consciência aterrorizante, caminhei de volta para casa sem dizer uma palavra, sem olhar para trás.

Ali e eu nunca falamos daquele momento, nem mesmo aludimos àquilo. Acho que talvez nós dois soubéssemos, mesmo assim, que era o começo de algo — algo que poderia despedaçar as nossas vidas.

Eu fechei meus olhos diante dessa memória, pressionando a testa contra os joelhos. Ver Ali no dia anterior tinha quebrado a barricada em minha mente que servia para conter esse tipo de debandada emocional.

Eu precisava me recompor.

Levantei a cabeça, coloquei minhas mãos nos bolsos do casaco, deixando o clima me guiar. Não estava chovendo, ainda não, mas tinha chovido muito durante todo o dia, corvos circulando, árvores chacoalhando. Eu adorava ver as coisas respirarem, adorava ver os galhos balançando, folhas penduradas para salvar suas vidas. Eu não me importava com as rajadas terríveis que quase arrancavam o meu lenço. Havia algo brutal no vento, a maneira como ele dava um tapa na cara, deixava os nossos ouvidos zumbindo.

Fazia-me sentir viva.

Os ventos estavam fortes demais para permitir uma confortável leitura do jornal, mas havia um único cigarro abandonado no forro do meu bolso direito, e o peguei entre os dedos, apertando e abrindo o punho. Quase sorri.

Aqueles cigarros tinham pertencido ao meu irmão.

Eu os confiscara antes que fossem vasculhar suas coisas, roubara de seus esconderijos junto com a maconha, a caixa de preservativos e o *bong*. Eu não queria que ele fizesse qualquer outra coisa do além-túmulo para partir o coração dos meus pais. Eu não queria que ele fosse definido por suas fraquezas, assim como eu não queria ser definida pelas minhas. Parecia uma terrível injustiça ser exposto na morte, ser descoberto como tão previsivelmente humano, tão frágil quanto todo mundo.

Meu pai sabia, é claro. Ou, pelo menos, suspeitava.

Meu pai era um conhecedor de todas as coisas — ele tinha, de fato, dado esse título a si mesmo. Ele gostava de se ouvir falar em voz alta as verdades que ele decidira que eram sagradas, e tinha opiniões fortes sobre todo tipo de assunto: *hobbies* dignos, os melhores atributos humanos, ética de trabalho, a proporção exata de água para o café *espresso* ser considerado um *americano*. Ele tinha muitas ideias sobre o mundo, ideias que havia passado a vida inteira aprimorando, e que muitas vezes ele se sentia compelido a compartilhar, em alto e bom som, com a argila ainda em formação de seus filhos. Meu pai frequentemente declarava que ele e minha mãe eram pessoas decentes e piedosas que educavam seus filhos para serem melhores do que viciados em drogas. Aquelas eram as suas palavras, as palavras do meu pai, as palavras que ele gritou quando meu irmão voltou para casa com os olhos injetados de sangue, cheirando vagamente a maconha pela enésima vez.

Meu irmão era um mentiroso preguiçoso.

Mehdi também dirigia um Honda Civic. Um Honda Civic si, azul brilhante, aros de dezoito polegadas. Ele mesmo o reformara, colocando um escapamento especial, luzes azuis ilegais, um sistema de som insano, um para-choque extravagante. Ele tinha sido expressamente proibido de beber o álcool que bebia, expressamente proibido de namorar as garotas que namorava, expressamente proibido de fugir de casa à noite, e era isso que ele fazia quase o tempo todo. Era da minha janela que ele costumava pular graças ao parapeito e à árvore que ofereciam um pouso fácil no chão e uma distância boa do quarto dos meus pais. Ele sempre beijava a minha testa antes de sair, e eu sempre deixava o meu telefone embaixo do travesseiro, esperando, esperando pelo zumbido de sua mensagem tarde da noite me pedindo para destrancar a porta da frente.

Meu pai nunca tinha sido cruel, mas sempre fora frio. Ele adorava regras e exigia respeito de seus filhos. Sem dúvida, pensava que estava fazendo a coisa certa ao tentar controlar Mehdi, mas estava tão focado nas diferenças entre eles que nunca parecia entender que também eram parecidos.

Inflexíveis.

Meu pai tentava quebrá-lo, então meu irmão se tornava líquido como água. Meu pai tentava contê-lo, então meu irmão se tornava como o mar.

Eu ouvi um estrondo repentino.

Fiquei de pé a tempo de ver dois carros colidirem, deslizarem, girarem descontroladamente. Pneus cantando, o som horripilante de metal devorando metal, vidro se estilhaçando. O antigo pânico emergiu de dentro de mim, roubou meu fôlego. Eu estava correndo antes de entender o porquê, atravessando a grama em um frenesi. Revirei para achar o telefone e percebi que não sabia onde estava, não me lembrava do que tinha feito com ele, não sabia onde tinha deixado...

"Ligue para 911!", gritei com alguém, meus pulmões em chamas. Saí correndo, percebendo tarde demais que ainda estava carregando aquela maldita mochila, um peso morto me puxando para baixo, e, ainda assim, por algum motivo, não me ocorreu largá-la, jogá-la de lado. O asfalto estava escorregadio sob meus pés, algumas partes inundadas, e atravessei rios rasos sem ao menos sentir a água gelada penetrando a minha pele. Meu coração trovejou no peito quando me aproximei dos destroços, minhas emoções descontroladas. Eu estava apenas vagamente ciente de mim mesma, apenas vagamente ciente de que podia estar fazendo algo perigoso, de que talvez eu não fosse a pessoa certa para aquele trabalho, de que talvez houvesse um adulto ou um médico por perto que poderia fazer melhor, ser melhor, mas, de alguma forma, eu não consegui parar, não sabia como.

Um dos carros estava visivelmente pior do que o outro, e fui a primeira a chegar lá, puxando a porta danificada que se abriu com um gemido milagroso. Lá dentro, a motorista estava inconsciente, a cabeça baixa logo acima do volante, uma única linha de sangue escorrendo pelo rosto.

Por favor, meu Deus, pensei. *Por favor, por favor.*

Estendi a mão ao redor dela, registrando vagamente que os *airbags* não tinham sido ativados, e tentei desafivelar o cinto de segurança. Não destravaram. Eu puxei o cinto desesperadamente, tentando arrancá-lo de sua base, mas não cedeu.

Sirenes soaram ao longe.

Puxei novamente o cinto de segurança, e, desta vez, a garota se mexeu. Ela levantou a cabeça com uma lentidão pronunciada, olhos turvos piscando para abrir. Ela tinha talvez a minha idade, apenas uma menina, outra menina, apenas uma menina.

— Você está bem? — O grito da minha voz me assustou. — Está tudo bem?

Ela franziu a testa, olhou em volta, a compreensão surgindo dolorosamente. Eu observei sua confusão dar lugar à compreensão, e a compreensão rapidamente dando lugar a um medo profundo que disparou um novo horror pelo meu corpo.

— Você está bem? — perguntei de novo, ainda histérica. — Você consegue sentir suas pernas? Você sabe o seu nome?

— Ai, meu Deus — disse ela, e tapou a boca com as mãos. — Ai, meu Deus, ai, meu Deus, aimeudeusaimeudeus...

— O que foi? O que há de errado? A ambulância já está quase chegando, alguém ligou para o 911, não...

— Meus pais — disse ela, deixando cair as mãos. O rosto tinha empalidecido. Seu corpo começou a tremer. — Acabei de tirar a carta. Não tenho seguro ainda. Meus pais vão me *matar*, meu Deus.

Algo, então, quebrou em mim, me quebrou. Eu comecei a tremer incontrolavelmente, meus ossos como dados em um punho fechado. Afundei no chão, joelhos cavando o asfalto molhado e arenoso.

— Seus pais — falei, engasgando as palavras — ficarão f-felizes. Tão felizes de você estar v-viva.

TREZE

OUVI GRITOS, SIRENES ENSURDECEDORAS, passos pesados e corridas. Eu me arrastei para fora do caminho, cambaleei para ficar em pé e fui para a calçada. Não vi nada útil nem fiz qualquer coisa de valor; não precisei deixar meus resíduos para trás nos destroços.

Além disso, eu odiava falar com a polícia.

Cheguei à calçada e olhei para os meus pés, meu coração batendo erraticamente no peito. Tinha lutado contra as lágrimas o dia todo, a semana toda, o ano todo; era exaustivo. Muitas vezes eu prometi a mim mesma que choraria à vontade quando chegasse em casa, para que experimentasse minha angústia em um lugar seguro, no entanto, eu raramente fazia isso. Não era uma atividade extracurricular emocionante, não o tipo de coisa que deixava adolescentes ansiosos para voltarem da escola. Então, eu segurava o choro. E ele ficava ali, sem derramamento, enchendo meu peito, pressionado dolorosamente contra o meu esterno. Sempre ameaçador.

Eu olhei para o céu cinzento, observei um pássaro até começar a pensar em pássaros, pensei em pássaros até que passei a pensar em voar, até que vi um avião, observei o avião até que voou para longe, me deixando para trás.

Mudei de assunto.

Uma rajada de vento passou por mim e tropecei, ouvi as árvores estremecerem à distância. As nuvens estavam engordando, os pássaros estavam febris. Eu não me sentia nem um pouco como eu mesma, mas pelo menos estava em pé, quase andando, então achei que devia continuar naquela linha, ir para casa, tentar voltar antes da chuva.

Eu só consegui percorrer alguns metros antes de ouvir alguém chamar o meu nome.

Gritando, berrando.

Virei-me ligeiramente atordoada e vi Ali de pé a menos de quinze metros de distância, plantado no meio da calçada. Sua presença por si só já era surpreendente, mas o que eu não consegui entender era seu rosto. Mesmo dali, poderia dizer que ele estava pálido.

Luta ou fuga? Luta ou fuga?

Não tomei nenhuma decisão e, em vez disso, esperei que ele se aproximasse de mim, sua raiva parecendo crescer exponencialmente a cada passo. Ele não estava a dez metros de distância quando começou a gritar de novo, gesticulando para o nada quando disse:

— Que merda você estava fazendo? O que você estava pensando?

Eu fiz uma careta. Abri a boca para explicar a minha confusão mental, mas ele estava quase em cima de mim agora, a um ou dois passos de distância, andando diretamente na minha direção, e me perguntei se ele pararia.

— Por que você correria no meio de um acidente de carro? — ele gritou. — Você não é paramédica. Não foi treinada para isso. Isso não é algum tipo de…

Ele parou repentinamente, suas palavras morrendo na boca.

— Nossa. Me perdoe. Não chore. Me perdoe. — Ele passou a mão pelo cabelo, parecia agitado em um grau desnecessário. — Eu não queria gritar com você.

Eu não tinha percebido que estava chorando. Horrorizada, me virei, fui embora, enxugando minhas bochechas com as mãos trêmulas.

— Espere… Aonde está indo? — perguntou, me acompanhando.

Eu ainda estava andando, agora olhando para um semáforo distante. Esperei que a luz vermelha ficasse verde, esperei meu corpo parar de tremer antes de dizer, o mais firmemente que conseguisse:

— O que está fazendo aqui?

— O que você quer dizer? Eu estava pegando minha irmã na escola.

Parei de andar.

No último ano de minha amizade com Zahra, Ali se recusava a levar a irmã para a escola, se recusava a buscá-la. Pensei que sabia o porquê — parecia óbvio que ele estava tentando me evitar — e as minhas hipóteses eram ocasionalmente validadas pela mãe de Zahra que, de repente, tornara-se minha única carona para ir e voltar da escola. Era muito trabalho para a mãe de Zahra nos levar para todos os lugares, e ela estava ansiosa para intimar Ali a assumir parte desse trabalho. Ela reclamava dele nos trajetos, fazendo ameaças vazias de tirar o carro dele, lamentando o fato de que ela nunca poderia fazer seu filho ouvir ou ter iniciativa. Muitas vezes, senti como se a mãe de Zahra nos levasse mais por mim do que por sua própria filha; ela parecia saber, de alguma forma, que, se não fosse me buscar, ninguém iria. Claro, essa era uma teoria sem base, que eu achava tanto reconfortante quanto embaraçosa, mas eu era grata a ela mesmo assim — acima de tudo por nunca me fazer me sentir um fardo.

O dia em que percebi que Zahra e eu não éramos mais amigas foi o dia em que cheguei ao carro antes dela depois da aula. Vi a mãe de Zahra, acenei um olá. Eu tinha acabado de começar a caminhar para o carro dela quando Zahra apareceu e disse: "Ai, meu Deus, pare de me seguir para todos os lugares. E, uma vez na vida, arrume outro jeito de voltar para casa". Esse foi o dia em que ela arrancou minha cabeça e me encheu de uma humilhação tão densa que quase afundei na terra. Havia algumas coisas que eu ainda não tinha aprendido a esquecer.

Lentamente, eu me virei.

Ali me olhava. Ali, o mentiroso, mentindo na minha cara.

— Desde quando — perguntei — você pega sua irmã na escola? Ele franziu a testa.

— O tempo todo.

Mentiroso.

Ele só ousava mentir assim porque não tinha ideia de que minha própria mãe nunca mais me levaria a lugar nenhum. Até dois meses antes, eu me sentava ao lado de sua irmã na minivan vermelha da mãe dele todos os dias; eu ainda via o carro da mãe dele ir e vir no estacionamento da escola.

Estreitei meus olhos para ele.

Estava ficando claro para mim agora que havia algo que Ali tinha vindo para dizer, e decidi dar-lhe a chance de dizer antes de desaparecer de sua vida, porque eu pretendia desaparecer, desta vez para sempre. Eu não queria mais ser abordada por Zahra. Estava cansada das suas acusações, cansada de me sentir uma pessoa horrível — sempre — por algo que eu nem tinha feito.

Minha respiração falhou.

Ali tinha mentido para mim e, embora eu não visse nenhum motivo para expor sua mentira, eu também não via motivo para tornar aquilo mais fácil para ele.

Em vez disso, encarei-o, os poços castanhos profundos, os devastadores cílios escuros. Sobretudo, encarei seu rosto para não olhar qualquer outra coisa; fiquei preocupada que ele me pegasse tocando seu pescoço com o olhar, tocando seus ombros com a inclinação da minha cabeça.

Sempre tinha sido difícil ignorá-lo.

Ali amava futebol, era religioso com relação ao esporte, não muito diferente de muitos homens — especialmente iranianos —, mas sua obsessão era justificada porque ele realmente praticava, e jogar bola havia realmente embelezado seu corpo. Eu sabia disso porque o tinha visto, em uma única ocasião, por puro acidente, sem camisa. Eu tinha caminhado pelos corredores sagrados do santuário que era sua casa por seis anos, tinha sido atacada pelas evidências de sua existência desde os meus onze anos. Eu nem precisava vê-lo sem roupas para saber por que o contingente feminino o amava. Ele era um espécime raro. E isso sempre enlouquecera Zahra.

Finalmente, Ali falou.

— O quê? — disse ele, suspirando. — Por que você está olhando para mim desse jeito?

— Por que você veio aqui?

Ele se virou e passou as mãos pelos cabelos.

INTENSA

A maioria dos caras usava tanto gel no cabelo que daria para quebrar os fios com um martelo. Ali não parecia se importar com essa tendência.

— Eu não sabia — disse ele, finalmente. — Sobre o seu pai.

Prendi a respiração.

— Eu queria me desculpar. Por tudo. Por não saber. Por me esquecer do que aconteceu com Mehdi. Eu só… Eu precisava dizer isso.

Minha raiva morreu na hora. O sentimento me abandonou tão rapidamente que me senti tonta em sua ausência. Mole.

— Ah — soltei. — Tudo bem. Não há razão para você saber coisas sobre a minha vida.

Ali exalou, frustrado.

— Eu queria ter sabido. Às vezes pergunto a Zahra como você está, mas ela nunca me conta muito.

— Ei, talvez no futuro — hesitei —, talvez você não devesse falar com a Zahra sobre mim. Nunca. Ela está… Ela está entendendo isso de forma errada.

Ali franziu a testa.

— Eu não falo com ela sobre você. Quase nunca falo com ela sobre você. Mas, depois que saí do hospital, fui pegá-la na escola e ela viu sua mochila no meu carro. Quando me perguntou sobre isso, eu disse a ela que tinha te dado uma carona para o hospital.

— Ah.

— E, quero dizer, ela me perguntou o que aconteceu, e expliquei, e então perguntei a ela sobre seu pai e aí…

Ele parou. Seu rosto clareou, dando-se conta de algo.

— Bom… Sim, devo ter feito a ela muitas perguntas sobre você ontem à noite.

Ele olhou por cima do ombro de repente.

— Falando nisso, preciso ir. Ela está esperando por mim.

Balancei a cabeça, não olhei para nada. Engoli meu orgulho e pedi:

— Quando você a vir, por favor, diga a ela que não há nada acontecendo entre nós?

Ali se virou como se eu tivesse lhe dado um tapa.

— O quê?

— Ou talvez você possa dizer a ela que *nunca* houve nada entre nós? Porque ela pensa... — Balancei a cabeça. — Não sei, ela veio até mim hoje e estava muito chateada. Parecia pensar que nós, que, eu não sei...

— Você está brincando? — Ali piscou, atordoado, deu um passo para trás. — Por favor, me diga que você está brincando.

— O quê? Por quê?

— Eu não posso acreditar que você ainda esteja fazendo isso. Eu não posso acreditar que você ainda deixa a minha irmã fazer isso com você, mesmo agora, quando ela nem mesmo... Ouça, Shadi, eu não preciso da permissão de qualquer pessoa que seja para viver a minha vida. E você também não deveria precisar.

— Ela não é qualquer pessoa — falei baixinho. — Ela é sua irmã.

— Eu sei que ela é minha irmã.

— Ali...

— Escute, eu não me importo, tá? Isso não tem a ver com a gente. Você falou para eu pular de um penhasco, e pulei. Eu pulei de uma merda de um penhasco. Eu me cortei da sua vida porque você me pediu, porque você não consegue ver que a minha irmã tem ciúme de você, que ela sempre teve ciúme de você e não suporta a ideia de ver você feliz.

De repente, eu não conseguia respirar.

— Não estou mais tentando fazer você mudar de ideia — ele continuou. — Tá bom? Eu segui em frente. E se eu estou aqui agora perguntando essas coisas é só porque estou preocupado com você, porque costumávamos ser amigos.

Perdi um pouco o equilíbrio.

— Eu sei disso.

— Então pare de deixar minha irmã ditar os termos da sua vida. Ou da minha, aliás. Faça suas próprias escolhas.

— Ali, ela era minha amiga — afirmei. — Minha melhor amiga.

— Sua *melhor amiga*. Nossa. Então, tá. — Ele acenou com a cabeça e riu. — Diga pra mim uma coisa, Shadi: que tipo de melhor amiga não quer que você seja feliz? Que tipo de melhor amiga não se importa quando te magoa? Que tipo de melhor amiga te nega o direito de tomar decisões por si mesma?

— Isso não é justo — eu disse —, não é tão simples...

— Nós éramos amigos também, não éramos? Por que eu não recebi um voto de confiança?

Fitei-o então, peguei o *flash* de dor em seus olhos antes de desaparecer. Pensei em dizer algo, queria dizer algo, e eu nunca tive a chance.

Ali riu.

Ele riu, passou as mãos pelo rosto, olhou para cima, para o céu. Parecia estar rindo de algo que só ele tinha entendido. Observei seu corpo ficar frouxo, seus olhos se apagando. Ele respirou fundo, mirando ao longe enquanto exalava. Quando finalmente me encarou de novo, parecia cansado. Ele sorriu, o que partiu meu coração.

— Não se preocupe — disse ele. — Vou dizer para a minha irmã que nada nunca aconteceu entre nós.

Eu o encarei. O calor estava subindo pela minha garganta novamente, pressionado contra os meus olhos, e eu sabia que não aguentaria muito mais. Balancei a cabeça em direção à longa caminhada que me esperava.

— Preciso ir.

— Certo. Sim. — Ele juntou as mãos. Deu um passo para trás. — Tudo bem.

Eu tinha acabado de me virar para sair quando o ouvi dizer...

— Espere.

Foi suave, incerto.

Eu me virei, a pergunta em meu semblante.

Ali se moveu em minha direção novamente. Seu rosto estava diferente agora, preocupado.

— Ontem à noite — continuou —, quando perguntei se você estava bem, você disse que não.

Meu sorriso hesitante desapareceu. Meu rosto se tornou uma máscara.

— Desculpe ter dito isso. Eu não devia ter dito.

— Não, Shadi, não se desculpe. Eu só queria saber... Você está bem agora?

— Estou, sim — respirei fundo, forcei um sorriso no rosto, engoli o calor, desejei que meus olhos permanecessem secos. — Sim, estou ótima.

— Sua mãe está bem?

— Sim, ela está ótima também — respondi. — Muito melhor. Obrigada.

Ele estava prestes a dizer outra coisa, mas não aguentei mais. Eu o cortei depressa, com medo de que o tremor fosse voltar aos meus lábios.

— Eu tenho que ir, de verdade. Preciso ir para casa jantar. Minha mãe está me esperando.

— Ah — ele disse, surpreso. — Que... ótimo.

— Sim — falei novamente, os olhos ainda secos, as pernas ainda funcionando. — Ótimo.

CATORZE

Q UANDO CHEGUEI, A CASA estava escura.

Entrei e fechei a porta, o ranger conhecido da dobradiça seguido pelo som pesado. Eu me recostei contra a porta, repousando a cabeça contra a madeira barata. Senti o cheiro da tinta nova, do ar estagnado, de produto de limpeza. Tínhamos alugado aquele lugar estéril não muito tempo após a morte do meu irmão. Era impossível continuar vivendo no mesmo lugar que abrigava o museu da vida dele, o quarto modesto do qual meu pai arrastava o corpo prostrado e soluçante da minha mãe todas as noites. Eu a vira com os meus próprios olhos apenas uma vez, apenas uma vez antes de o meu pai gritar, mandando-me de volta para a cama. Minha mãe ficava encolhida no chão do quarto do meu irmão, batendo a cabeça contra as tábuas do chão, implorando para Deus ser piedoso e matá-la também.

De algum modo, provando o máximo poder do autoengano, meus pais acreditavam que não os ouviríamos brigando tarde da noite, que não os veríamos no corredor, que não escutaríamos meu pai implorando para a minha mãe voltar para a cama, implorando com uma voz que eu não sabia que ele tinha. *Volte, volte, volte, volte.*

Ela tinha dado um tapa no rosto dele.

Dado socos fracos e desesperados contra o peito dele, arranhando-o até que ele a deixasse afundar novamente no chão. Eu assistia a isso por uma frestinha da porta do meu quarto, meu coração batendo tão forte que eu mal conseguia respirar. Na calada da noite, os meus pais tornavam-se estranhos, cada qual transformado em uma versão de si que eu desconhecia.

Eu via meu pai caindo de joelhos diante da minha mãe, como um ditador arrependido. Eu via minha mãe reduzindo-o a cinzas.

Na manhã em que meu pai anunciou que iríamos nos mudar, ninguém nem levantou a cabeça. Não houve perguntas nem discussão.

Não precisava.

Deixamos aquela casa para trás, não passávamos mais por nossa antiga rua, não conversávamos sobre as horas que a minha mãe passava em seu *closet*. Mas, quando eu fechava os olhos, ainda podia ouvir sua voz; ainda via seu rosto desesperado e inumano. *Mate-me, Deus,* ela gritava. E batia no próprio peito, cravava as unhas no rosto. *Mano bokosho az een donya bebar.* "Mate-me e leve-me deste mundo."

Eu acendi as luzes.

Larguei a mochila no chão ao lado da porta, arranquei os tênis. Meu peito estava comprimido como se um torno estivesse apertando os meus pulmões, minha vista embaçada. Na minha cabeça, apareciam um estetoscópio, uma mancha marrom, uma aliança de ouro riscada.

Ela já lhe disse algo que tenha feito você pensar que ela pode ser um risco para si mesma?

Eu estava me sentindo fria e pesada.

Encarei um velho prego pintado, enterrado na parede ao lado da porta, fiquei ali na entrada observando-o pelo que pareceu uma eternidade. Não sabia o que fazer comigo. Estava com fome. Tinha lição de casa, precisava de um banho, precisava encontrar meu telefone, queria colocar uma blusa de frio, precisava trocar o curativo do meu joelho, o machucado vinha latejando desde o dia anterior. Eu estava gelada, molhada e sentindo calafrios, minha cabeça quente, minhas mãos trêmulas. Havia mil necessidades humanas que eu precisava atender, mas estava paralisada pelo peso dessas necessidades, impotente diante de tudo que era preciso ser feito. Ultimamente, andava com medo, preocupada por não estar comendo nem dormindo o suficiente. Não podia perder o controle, tinha de me esforçar mais, mas o meu coração e a minha mente estavam tão sobrecarregados naqueles dias que parecia que a costura iria estourar, deixando pouco espaço para o esforço que eu antes fazia para viver a minha vida, para me dedicar aos meus interesses.

De alguma forma, consegui me arrastar para o andar de cima.

Eu me tranquei no quarto, arranquei o lenço e as roupas e entrei no chuveiro escaldante. Fiquei embaixo d'água até as minhas pernas não mais suportarem o meu peso, depois me sentei ali até a cabeça pesar. Pressionei a testa contra o azulejo, o reboco raspando a minha pele. Inspirei, engolindo água. Fechei os olhos.

Deus, por favor, pensei, *me ajude*.

Minhas lágrimas não emitiram nenhum som.

Eu não sei quanto tempo fiquei ali, com o corpo pouco aquecido pelo jato fraco, não sei por quanto tempo chorei. Eu tinha voltado no tempo, tornando-me novamente um feto, deitada no fundo da banheira, como um bebê abandonado. Soluços silenciosos chacoalhavam meu corpo, rasgavam meu peito. Eu não sabia o que fazer com tanta dor. Eu não sabia se queria ter nascido.

Uma batida forte na porta me arrancou de repente do torpor.

Outra batida — na verdade, a porta estava sendo esmurrada — e fiquei de pé tão rápido que quase escorreguei na banheira. Minha mente havia se acostumado ao pânico e era fácil cair nele novamente, com pouco estímulo. Meu coração disparou, meus olhos pareciam inchados. Esfreguei o rosto com força, esforçando-me ao máximo para ficar calma. Quando me recuperei, desliguei o chuveiro.

— Sim?

— Faz, tipo, umas duas horas que você está aí — minha irmã falou. — Preciso usar o banheiro.

Que exagero o dela. Mas, distraidamente, perguntei-me quando ela havia chegado, que horas eram, se a minha mãe já tinha voltado do trabalho.

— Me deixe entrar — insistiu. — Não quero continuar gritando.

Não era costume de Shayda falar assim.

Com cuidado, saí da banheira, peguei uma toalha limpa e destranquei a porta do banheiro. Mal tinha voltado para dentro da banheira e fechado a cortina quando ouvi a porta se abrindo.

— Saia daí agora mesmo — exigiu a minha irmã.

— Já vou sair — respondi na mesma hora, embrulhando o corpo na toalha. — Mas por quê? O que está acontecendo?

— A mãe de Hassan está aqui.

— E daí? — eu disse. E, depois: — *Ah.*

— Pois é. Exatamente. Então saia logo desse chuveiro e vá fazer o chá.

Eu me irritei e ia responder, mas mudei de ideia. Percebi que, do seu jeito estranho, Shayda estava me pedindo ajuda. Ela queria que eu desse apoio em uma situação estressante.

Fiquei comovida.

Realmente senti a emoção, como um dedo tocando o meu peito. Mas, quando ela saiu meio segundo depois, batendo a porta com tanta força que o varão da cortina tremeu, fiquei bem menos entusiasmada. Mas não deixava de ser uma diferença.

Na maior parte do tempo, Shayda parecia me desprezar.

Era fácil justificar o nosso mau relacionamento com uma encolhida de ombros ou uma constatação vazia sobre como éramos diferentes, mas eu sabia que era mais complicado que isso. Nunca tínhamos sido próximas, mas os nossos caminhos de repente se separaram seriamente, e tudo porque discordávamos com relação a uma única questão de grande importância.

Eu culpava o meu pai, inequivocamente, pela morte de Mehdi.

Shayda não o culpava.

O posicionamento dela me chocava. Nunca havíamos tido oportunidade de enxergar as nossas muitas diferenças; eu nunca tivera a chance de perguntar a Shayda o que ela considerava importante na vida, fé, família. Nunca soubera exatamente como ela se sentia com relação ao dogma, aos nossos pais ou mesmo ao estilo de vida do meu irmão — será que ela o julgava duramente? Mas, quando Mehdi morreu, nós quatro fomos forçados a nos dilacerar, a examinar os nossos interiores e o que nos movia. A morte exigiu que questionássemos nossas filosofias privadas, ainda em desenvolvimento, que moldavam os nossos corações. Conhecêramos os pontos fracos e as pústulas mentais uma da outra sob o sol do meio-dia e, quando a lua voltou, descobrimos que já não estávamos no mesmo

INTENSA

119

quadrante. Eu ficava tão longe da minha irmã quanto a minha mãe ficava do meu pai, e tinha passado o último ano tentando construir pontes entre essas distâncias.

O problema é que, com frequência, eu era a única que me esforçava para isso.

Andei até o meu quarto na ponta dos pés, embrulhada na toalha, e passei os dedos pelo cabelo limpo e molhado. O curativo do meu queixo havia caído no banho, e fiquei feliz de ver que o machucado estava melhor. Toquei o corte cuidadosamente com a ponta dos dedos, batendo na dor enquanto abria a porta do meu armário e examinava o que havia lá dentro.

Diferentemente de mim, Shayda estava ansiosa para casar.

Ela tinha brigado com a minha mãe por causa disso, insistindo que era algo que ela queria. Ela já tinha escolhido o cara, aceitado sua mão, traçado um plano de cinco anos. Shayda tinha dezenove anos, estava no segundo ano na faculdade, mas logo iria se transferir para uma universidade local e queria ficar noiva pelos próximos anos. Seu plano era se casar logo após a formatura. Ela não queria ter filhos, nunca. Ela só queria o marido.

Para a maioria dos não muçulmanos, esse plano parecia estúpido ou bizarro, mas em muitas comunidades religiosas não era incomum. Muitas pessoas se casavam relativamente jovens, ou, pelo menos, ficavam noivas ainda bem jovens. O noivado durava alguns anos, e assim podiam passar algum tempo juntos com o propósito expresso de casamento, até, de fato, se casarem. Havia casais felizes e infelizes. O divórcio não era tabu; acontecia com frequência. O que — não pela primeira vez — me fez pensar em meus próprios pais.

Uma única batida na porta do meu quarto foi o único aviso antes de Shayda invadir o cômodo, parecendo nervosa.

— Por que não está vestida? — Então, olhando longamente para mim: — Por que seus olhos estão tão vermelhos e inchados?

Eu me assustei e olhei no espelho.

— Ah — soltei. — Alergia?

— Você não tem alergia.

— Talvez eu tenha. — E tentei rir. — Está tão feio assim?

— Tanto faz, não me importo — disse ela, distraída. — Apenas se vista, por favor. Não posso descer sem você.

— O quê? Por que não?

— Porque não — respondeu.

Shayda estreitou os olhos e gesticulou com os braços como se fosse algo óbvio.

Mas não era.

E, então, ela balançou a cabeça como se estivesse falando com uma idiota.

— Eu não quero parecer ansiosa demais, entendeu? Estou tentando parecer… — Ela acenou com a mão, procurando a palavra certa.

— Despreocupada?

— O quê? Por que você não fala como uma pessoa normal?

— Eu falo como uma pessoa nor…

— Meu Deus, não me importo com isso, tá? — ela me cortou. — Eu não me importo. Como estou?

Respirei fundo e pensei em minha mãe, minha mãe, minha mãe. E então, com cuidado, processei a cena na minha frente.

Shayda estava usando um vestido longo, com babados e cintilante, com um *hijab* brilhante para combinar. Ela estava bonita, mas exagerada demais para a ocasião, uma verdade que eu não tinha certeza se deveria compartilhar com ela. Eu não sabia como dizer que não importava quantas pessoas a acompanhassem quando ela descesse as escadas; sua roupa gritava a verdade.

Sua aparência denunciaria a ansiedade.

— Você está muito bem — preferi dizer.

Ela revirou os olhos e me fitou de maneira tão mordaz que me assustou um pouco.

— Esqueça, vou descer sem você.

Ela já estava na porta, girando a maçaneta, quando indaguei:

INTENSA

— Qual é o seu problema? — Eu já não conseguia disfarçar a raiva da minha voz. — Acabei de dizer que você está muito bem. Por que isso é ruim?

— Eu disse para *esquecer*, Shadi. Não quero mais falar sobre isso. Fui burra de pedir ajuda a você.

— Por que está dizendo isso?

— Por quê? — Ela se virou repentinamente. — Porque você não está nem aí. Você não dá a mínima para ninguém além de si mesma.

Recuei como se tivesse levado um soco.

— Isso não é verdade — afirmei, mas, como estava em choque, soei insegura, o que só reforçou o argumento dela.

Ela riu, mas o som foi vazio, zangado.

— Você não se importa com nada. Nem conosco, nem com *Baba*. Você nunca fala com a mamãe, nunca me pergunta nada sobre a minha vida.

— Eu não sabia que você queria que eu perguntasse... Eu nem sabia que você queria falar comigo...

Os olhos dela se arregalaram.

— Shadi, você é minha *irmã*. Com quem mais vou conversar?

Dei um passo à frente e ela recuou de repente, com o rosto corando.

— Não se atreva a tentar me abraçar. Não se atreva a me tratar com condescendência.

— Eu não estou sendo condescendente com você, eu só...

— Você não tem ideia de como este ano foi difícil para mim... — disse ela, com os olhos brilhando de emoção repentina. — Você não tem ideia, Shadi. — Ela balançou a cabeça e olhou em volta. — Quem você acha que está cuidando desta casa? Quem você acha que garante que tenhamos comida na geladeira? Quem você acha que leva o lixo para fora, limpa a cozinha, traz a correspondência, separa as contas, certifica-se de que a *Maman* tem gasolina no carro, deposita os cheques dela, certifica-se de que o plano de saúde de *Baba* está funcionando?

— Shayda...

— *Eu*, Shadi — ela apontou um dedo para o peito. — Sou eu. E você não levanta um dedo para ajudar. Você nem mesmo finge que dá a mínima. Você não tem ideia do que tenho passado ou o quanto tenho que fazer todos os dias, ou mesmo isto aqui — ela agitou as mãos —, isto hoje, com Hassan — ela riu, de repente, parecendo histérica. — Você nem sabe o que está acontecendo, não é? Você nunca me fez uma única pergunta sobre ele. Você não sabe literalmente nada sobre a minha vida e não está nem aí com isso.

— É claro que me importo. Shayda, eu quero saber... Por favor, me escute...

— Não, estou *farta* do seu egoísmo. Estou farta disso. Você está fazendo Deus sabe o que com Ali, que trata a gente como merda, que nem fala com a gente há um ano... E você nunca, *jamais*, quer saber como *Baba* está. Você nunca o visita no hospital. Você nem se importa com ele. Você *quer* que ele morra. Não é? *Não é?*

Ela estava gritando comigo agora, seus lábios pintados contorcendo-se em torno dos sons horríveis. Eu tinha congelado no lugar, minha compaixão reduzida a pó ao imaginar minha mãe sentada lá no andar de baixo, fingindo não ouvir uma versão distorcida daquela gritaria na frente de sua convidada. Eu estava imaginando sua vergonha, seu horror.

— Por favor — pedi baixinho. — Por favor, pare de gritar.

Ela não parava.

— Você *quer* que a nossa família desmorone. Você quer que os nossos pais se divorciem. Depois de tudo que passamos... Depois de tudo, você só quer que tudo piore. Por quê? Que merda há de errado com você?

— Shayda — pedi desesperadamente —, tem gente lá embaixo. Estão ouvindo você. *Maman* vai ouvir você.

— Então você nem vai responder às minhas perguntas? — Ela balançou a cabeça, enojada, e com aquele movimento a luta deixou seu corpo. Ela parecia desolada. Desolada e cruel.

— Você não vai responder às minhas perguntas, mas vai ficar aí parada fingindo ser justa, fingindo ser melhor do que eu, do que todos nós?

— Shayda, pare.

INTENSA

— Você nem chorou no funeral dele — disse ela, e ouvi sua respiração acelerando. — Às vezes acho que você nem se importa com a morte dele.

De repente, eu estava respirando com tanta força que pensei que meu peito fosse explodir. Olhei para o carpete sob meus pés, tentei desesperadamente manter minha raiva sob controle. Desta vez, falhei.

— *Saia*.

— O quê? — Ela se assustou.

— Saia. Saia do meu quarto. Vá se casar. Boa sorte.

— Eu não vou me casar — ela disse, ainda confusa. — Eu só…

Eu olhei para cima, cruzei o olhar com ela. Ela se encolheu visivelmente.

— Você não sabe de nada sobre mim, Shayda. Não sabe de nada.

Passei por ela e escancarei a porta.

— Saia agora.

Ela não saiu.

Então eu saí.

Vesti uma calça jeans e um velho moletom com capuz, além de um gorro de lã sobre o cabelo molhado. Shayda estava me dizendo que eu tinha perdido a cabeça, que tinha oficialmente enlouquecido, que não podia descer daquele jeito sem envergonhá-la e que não podia sair sem dizer olá para a mãe de Hassan e desrespeitar sua família inteira, e que aquilo — *aquilo ali* — não passava de mais uma prova de que eu não me importava com ninguém além de mim mesma, que eu era um monstro, um monstro de ser humano que não se importava com ninguém, que não se importava com *ninguém*…

Essas foram as palavras que ela gritou para mim enquanto eu corria escada abaixo.

Minha mãe ficou ereta, esperando por mim quando entrei na sala de estar, o olhar em seu rosto violento o suficiente para cometer um duplo homicídio.

Eu tinha sentido falta daquele olhar.

— Desculpe — eu disse sem fôlego, e forcei um sorriso.

Eu dei o meu melhor para cumprir a necessária tarefa de cumprimentar e me desculpar muito educada e formalmente, meu farsi afetado e com sotaque tornando a cena ainda mais ridícula. Agradeci à mulher que presumi ser a mãe de Hassan por honrar nossa casa com sua presença, por ser generosa o suficiente para ignorar minha aparência e disse, por favor, por favor, para sentar-se e ficar à vontade. Seus lábios continuavam se contorcendo enquanto eu falava, enquanto ela me observava, encarando-me como se estivesse se esforçando para não rir.

Minha mãe suspirou.

Mas quando comecei a calçar os sapatos, ela se empertigou.

— *Koja dari miri?* — ela disse. "Aonde você está indo?"

Eu sabia que era apenas por cortesia à convidada que ela não arrancou meu baço e o jogou ali mesmo no chão da sala de estar, e me encheu de alegria vê-la assim, mais parecida com ela mesma. Não me importei nem um pouco com a perspectiva de que, sem dúvida, ela me mataria mais tarde.

— Esqueci meu telefone na casa da Zahra — falei rapidamente, fingindo indiferença. Despreocupação. Displicência. Eu odiava Shayda. — Eu preciso correr de volta e buscá-lo.

— *Alaan?* "Agora?"

Minha mãe olhou pela janela, estava escurecendo. A casa de Zahra não ficava longe, apenas cerca de quatro ruas para baixo da nossa. Por alguns meses, a proximidade de Zahra da nova casa havia sido a única vantagem colateral da mudança. Três meses antes, quando eu fora enviada para a enfermaria depois de desmaiar no meio da segunda aula, eu não tinha conseguido falar com ninguém. Em vez disso, liguei para a mãe de Zahra, que mandou o marido me buscar. Ele saiu do trabalho, comprou para mim cinco tipos diferentes de remédios dos quais eu não precisava e me deixou dormir na cama de

Zahra. Fiquei tão surpresa com a gentileza deles que escrevi uma carta ali mesmo, no quarto dela, usando papel e caneta de sua escrivaninha. Foi uma longa carta, excessivamente emotiva, constrangedora em sua sinceridade. Deixei a carta na caixa de correio. Caminhei para casa. Não disse nada à minha própria família sobre aquele meu dia.

Zahra me contou, quando voltei para a escola, que seus pais haviam encontrado minha carta. Ela me disse isso na hora do almoço. Ficou me olhando por cima do sanduíche, olhando para mim como se nunca tivesse me visto direito antes, como se eu fosse louca.

— Que carta esquisita — ela falou, e riu. E continuou rindo. *Meus pais acharam fofinha, mas eu achei muito engraçada. É uma piada, né?*

Minha mãe não sabia que Zahra e eu não éramos mais amigas.

Não tinha contado a ela o que aconteceu, porque contar isso só faria com que minha mãe se preocupasse comigo, o que quebraria minha promessa de poupá-la da necessidade de se preocupar comigo. Eu não queria que ela se preocupasse. Não comigo. Nem com ninguém. E, ainda assim...

Ainda assim, às vezes eu fracassava.

Minha mãe ainda estava olhando pela janela, e eu sabia que ela estava prestes a me proibir de sair de casa. Podia sentir isso, ver as palavras se formando...

— A Zahra está esperando por mim — disse de supetão. — Vou dar uma corridinha lá e já volto!

Bati a porta atrás de mim.

QUINZE

No dia em que o meu irmão morreu, minha mãe estava fazendo *ghormeh sabzi*. A cozinha estava quente com o calor do fogão, o ar carregado com o cheiro de carne caramelizada e arroz fresco. Eu estava sentada à mesa da cozinha, sem oferecer nenhuma ajuda enquanto ela limpava a bagunça. Estava atordoada, observando-a com uma fascinação incomum enquanto ela desmontava o processador de alimentos que tinha usado para picar meia tonelada de salsa. Eu já tinha visto ela fazer isso mil vezes antes — e eu também já tinha feito o mesmo sozinha —, mas naquele dia me senti entorpecida ali, sentada. Incompreensivelmente paralisada.

Meu pai andava de um lado para o outro, dando um sermão para o ar enquanto minha mãe trabalhava e eu ficava sentada. Fiquei desligada, sem ouvir a maior parte do que ele dizia. Estava pensando em Shayda, que estava na mesquita; havia um encontro do grupo de jovens nas noites de sexta-feira. Eu não tinha ido, apesar da insistência dela para que eu a acompanhasse, e estava lamentando essa decisão. Assisti à minha mãe colocando tigelas sujas na máquina de lavar louça, dirigindo ao meu pai um olhar irritado enquanto ele cruzava o cômodo de um lado para o outro; mas ele não via o olhar dela. Eu, então, olhei para ele, para os seus dois tufos de cabelo escuro, sua barba grisalha.

Ele estava frenético.

Naquela manhã, meu pai precisara mover o carro do meu irmão porque Mehdi havia bloqueado a garagem com seu Civic. Meu pai estava com pressa, atrasado para o trabalho, e me pediu para buscar as chaves do meu irmão. Eu busquei, porque sabia exatamente onde estavam: em um bolso de sua calça jeans suja, largada no chão do quarto dele. Ainda era cedo, e Mehdi, que frequentava a faculdade, só teria aula dali a duas horas. Entrei em seu quarto enquanto ele ainda estava dormindo, roubei as chaves do carro e voltei sorrateiramente para o andar de baixo. Coloquei as chaves na mão do meu pai.

Muitas vezes, minha mente parou aí.

Eu raramente conseguia convencer meu cérebro a se lembrar do que aconteceu a seguir. Eu não queria lembrar. Não queria aquelas memórias, aqueles trechos distorcidos de sons e imagens. Eu não queria lembrar que fui eu, que fui eu que traí meu irmão. Entreguei as chaves para o meu pai, meu pai que me beijou na bochecha e disse: *Merci, azizam*, e prontamente descobriu um engradado com seis cervejas no banco de trás do carro do meu irmão.

Meu pai esperou o dia todo para perder a cabeça.

Sua raiva foi inflando enquanto ele estava no trabalho, sua imaginação descontrolada. Ele conseguiu se convencer de todo tipo de coisa, tudo sem consultar o meu irmão, sem a clareza que uma única conversa poderia ter fornecido. Eu tinha ouvido suas teorias naquela noite, sentada à mesa da cozinha enquanto minha mãe mexia o ensopado com uma colher de pau.

— Ele está bebendo, usando drogas, talvez vendendo drogas…

— *Mansour* — minha mãe se virou, horrorizada. — *Een harfachiyeh?* "Não sabemos o que aconteceu" — disse ela em farsi. — Pode ser que a cerveja nem seja de Mehdi.

Meu pai riu alto ao ouvir isso. Seus olhos estavam duros, furiosos.

Minha mãe também estava brava, mas disse que queria esperar Mehdi chegar em casa e dar a ele uma chance de se explicar.

Calma, ela disse.

Meu pai quase explodiu ao ouvir esse pedido.

Vamos falar com ele primeiro, ela disse.

Meu pai ficou roxo.

Falar com ele? Falar com ele? Eu não preciso falar com ele. Você acha que não sei? Você acha que eu não sei? Ele pensa que eu sou um idiota, que pode esconder as coisas de mim, que não sinto o cheiro dele todos os dias, que não vejo seus olhos? Todo mundo pensa que sou burro, que não sei o que está acontecendo? Falar com ele? Falar com ele sobre o quê?

Meu irmão estivera fora de casa o dia todo.

Meus pais ainda o estavam esperando voltar, esperando para emboscá-lo. Eu tinha falado com ele, é claro. Tinha mandado uma mensagem para ele contando o que aconteceu.

Me desculpa, eu escrevi.

Desculpa mesmo
Eu não sabia
Baba tinha que ir trabalhar
Eu não sabia
Eu sinto muito
Eu sinto muito, muito, muito mesmo
Mehdi, me desculpa

Tá tudo bem, ele escreveu de volta.

Não é culpa sua.

Eu tinha olhado para aquela mensagem mil vezes, pressionado a tela do telefone contra a minha garganta em noites desesperadas. Eu nunca poderia ter imaginado a proporção que as coisas iriam tomar. Não poderia ter antecipado a briga que viria, a troca explosiva de gritos com que meu irmão foi recebido quando voltou para casa.

Era tarde.

Eu lembro, quando meu pai abriu a porta da frente, que os grilos recusaram-se a se aquietar. As lâmpadas da rua estavam brilhantes e borradas, riscando o céu ao longe, o ar frio perfurando tudo. Eu lembro, quando meu pai disse para ele ir embora, Mehdi não hesitou. Minha mãe gritou. Meu irmão calçou os sapatos, seu rosto sombrio de determinação, e, embora minha mãe tenha implorado para ele ser sensato, para que voltasse para dentro, Mehdi não a ouviu. Ele não estava olhando para a minha mãe. Estava olhando para o meu pai, meu pai soberbo que não parecia entender que ele e seu filho sofriam da mesma vaidade, que meu irmão não cederia.

Mehdi partiu.

Minha mãe perseguiu seu filho primogênito no escuro, perseguiu-o descalça pela rua. Minha mãe, para quem a compostura e a privacidade significavam muito, cruzou o nosso bairro gritando seu nome. Se Mehdi fosse o mar, meu pai era um objeto imóvel, uma rocha humana parada na sala de estar, não querendo ser corroída.

Recuei para as escadas, sentei-me no degrau estreito e acarpetado com meus braços em volta das canelas, chorei com a cabeça enterrada no meu colo.

Mehdi foi morto, nem dez minutos depois, por um motorista bêbado.

Voltei ao meu corpo com um suspiro repentino de consciência, surpreendente sob as gotas geladas. As primeiras gotas de chuva caíam do céu nas árvores, na curva do meu nariz, abriam caminho umas para as outras. Não eram fortes, apenas uma garoa. Ainda assim, estremeci violentamente.

Eu não sabia onde havia deixado meu telefone.

Não tinha intenção de realmente procurá-lo; eu só queria uma desculpa para caminhar, limpar a cabeça, pensar em paz — e eu esperava que o *mehmooni* acontecendo na minha casa fosse distração suficiente para eu ganhar algum tempo. Meus pés seguiam uma coreografia já conhecida, a coreografia que meus pés conheciam, mas que minha mente não conseguia lembrar. Olhei ocasionalmente para o céu, em busca da lua.

Era verdade, pensei. Eu queria que meu pai morresse.

Meu coração afundou um pouco mais no peito.

Percebi, quando de repente fui cegada por um diagrama de pontos luminosos, que entrei em um parque local. Eu estivera naquele parque uma centena de vezes com Zahra, nós duas fingindo sermos crianças, sentadas em balanços e subindo de costas no escorregador. Sentávamos na areia e conversávamos sobre a escola, os meninos e pequenos dramas da vida social que tinham importância crítica para nós.

Passávamos dias ali. Fins de semana. Horas incontáveis da minha vida que se foram em chamas.

Havia muito tempo que minha amizade com Zahra não ia bem.

Ela fora cruel comigo de mil pequenas maneiras durante anos, provando muitas vezes ser uma amiga inconstante e desleal. Eu deveria ter me afastado, deveria ter feito isso muito tempo atrás. Mas ela era uma das poucas coisas sólidas na minha vida, e eu não estava pronta para renunciar a isso. Agarrei com as pontas dos dedos a amizade que estava despencando para o precipício, e quando ela finalmente me empurrou para o abismo, experimentei um alívio estranho e desorientador.

Parte de mim sentia muita falta dela.

Outra grande parte, não.

Estremeci quando uma rajada de vento varreu o parque, chicoteando contra o meu corpo. Eu estava nua por baixo do moletom e, de repente, me arrependi das minhas escolhas aleatórias. Abracei meu próprio corpo. Com força.

Aquele cemitério de memórias estava quase vazio agora, exceto por um campo de futebol distante ainda pontilhado de jogadores. As luzes da rua eram desnecessariamente agressivas, e sentei-me longe delas, sobre um banco, minhas pernas encolhidas sob o corpo. O banco não estava molhado, exatamente, mas úmido com a garoa e o nevoeiro, e o frio infiltrou-se nas minhas roupas, resfriando-me ainda mais. Um balanço oscilou suavemente com a brisa; observei a cena. Peguei o velho cigarro solto que rolava no meu bolso.

Tinha tentado não pensar naquele cigarro.

Eu sabia que ele estava ali, guardado em um bolso com zíper; eu sabia porque deixava cigarros em todos os lugares. Era uma burrice, uma indulgência imprudente, mas eu não conseguia evitar; gostava de encontrá-los nas minhas roupas. Eu os carregava como se fossem um talismã, fumando-os apenas às vezes e, no início, só porque estava

INTENSA

curiosa. Desde então, tinha desenvolvido um perigoso gosto pelo veneno, o que me preocupava. Mas eu não conseguia me separar deles.

Mehdi havia escondido dois grandes pacotes de cigarros em seu armário, uma quantidade grande que presumi que ele havia adquirido de alguém. Eu tinha jogado fora suas revistas pornográficas, a maconha e o *bong*, e colocado os preservativos em uma enorme lata de lixo atrás de uma mercearia.

Os cigarros, eu guardei.

Suspirei, coloquei um entre meus lábios e o deixei lá. Encontrei um isqueiro no bolso da minha calça jeans, pesei-o na mão.

Eu sabia que não podia fumar aquele cigarro, não importa quanto gostaria. Tinha que chegar em casa logo, antes que minha mãe viesse me procurar e desvendar uma longa sequência de mentiras que eu não queria admitir. Mas eu não estava pronta para ir embora. Girei a roda acionadora algumas vezes, olhando para a chama.

Pensei muitas vezes na estupidez do homem. De um, em particular.

Pensei muitas vezes na soberba moralista do meu pai, em suas certezas presunçosas, em sua convicção inequívoca de que seus pensamentos e ações eram sancionados por Deus. Talvez fosse verdade que meu pai nunca tinha bebido uma gota de álcool. Eu sabia que ele praticava a caridade com frequência, que sempre fazia as suas orações diárias, que jejuava no Ramadã. Meu irmão, por outro lado, fazia nada disso. E ainda assim eu tinha certeza de que, aos olhos de Deus, meu irmão era a pessoa melhor.

Eu não tinha um problema com o dogma religioso. Gostava de ter um guia, de ter um pouco de estrutura. Mas não conseguia entender as pessoas que desconsideravam a essência da fé — amor, compaixão, perdão, a expansão necessária da alma — em favor de um conjunto de regras, um conjunto de regras que declararam ser a verdadeira divindade.

Isso... *Isso...*

Não achava que Shayda e eu concordássemos nisso.

Foi ali que divergimos, nesse ponto que nossas vidas se rasgaram uma da outra. Ela sentia que meu pai estava certo de ter raiva de Mehdi, que Mehdi havia quebrado as regras, feito escolhas ruins, enfurecido meu pai em vez de mostrar arrependimento, e deliberadamente desrespeitado minha mãe, que tinha implorado para ele ficar.

Ele foi responsável pelo que aconteceu, ela disse.

Achei que fosse função dos pais serem mais espertos do que os filhos, falei. Achei que fosse função dos pais protegerem seus filhos do perigo, continuei. Achei que fosse papel dos pais darem o bom exemplo, completei.

Ela gritou comigo. Expulsou-me do seu quarto. Nunca mais tínhamos falado sobre Mehdi, não até aquela noite.

Suspirei, corri meu polegar por cima do isqueiro. Girei a roda.

Faísca e chama.

Faísca e chama.

E quanto a mim? Eu pensei. Em que aquilo me transformava, ficar sentada, fria e sem compaixão, esperando meu pai morrer? Aquilo me tornava diferente dele?

Ou apenas pior?

Sentei-me de repente, assustada, livre do meu devaneio por um gesto forte, um borrão de movimento. Um corpo sentou-se pesadamente ao meu lado e me virei para fitá-lo. Ele.

Ali estava segurando meu cigarro, que ele tirou dos meus lábios.

— Devolva — pedi calmamente.

Ele riu.

Eu tinha me perguntado, ao ver o campo de futebol iluminado, se Ali não estaria lá aquela noite. Ele morava perto. E jogava futebol. Eu não sabia exatamente com quem ele jogava — algum tipo de equipe local recreativa —, mas meus pensamentos acabaram ali, sem fazer ligação com nenhuma outra coisa. O campo ficava longe do meu banco, e eu não tinha percebido que havia uma alta probabilidade de os nossos mundos colidirem.

Então, fiquei surpresa.

Ele pegou o isqueiro da minha mão mole, seus dedos roçando a minha palma. Prendi a respiração enquanto ele acendia o cigarro que eu não fumaria, colocando entre os seus lábios. Foi tudo em que pude pensar enquanto o observei fumando, que o cigarro que tocava sua boca tinha tocado a minha um instante atrás.

INTENSA

— Isso faz muito mal — disse ele, exalando com a elegância alcançada apenas com a prática. — Você não deveria fumar essas coisas.

Ele me ofereceu o cigarro sem virar a cabeça, e sussurrei:

— Não, obrigada.

Ele sorriu.

Ele ainda não estava olhando para mim; estava olhando para a escuridão. Achei seu silêncio fascinante. Sua presença, ali, confundindo-me.

— O que você está fazendo aqui? — perguntei.

— O que *você* está fazendo aqui? — ele disse, e riu. — Eu vivo aqui. — Ele gesticulou, para o nada. — Você sabe. Por aí.

— Certo. — Respirei fundo. — Sim.

Ele tragou mais uma vez.

— Então — falou, exalando uma linha limpa de fumaça. — Você quer me dizer por que está me perseguindo?

— O quê? — eu disse bruscamente. Senti meu rosto esquentar. — Não estou perseguindo você.

— Não? — Ele se virou um pouco no banco e me mediu com os olhos. — Então por que parece estar disfarçada?

Eu balancei a cabeça. Desviei o olhar.

— É uma longa história.

— Eu tenho tempo.

— É uma história estúpida — emendei.

— Melhor ainda.

— Minha irmã vai se casar.

Ali engasgou, começou a tossir violentamente. Ele jogou o cigarro no chão, apagou-o com o pé. Continuou tossindo. Ali estava prestes a morrer de asfixia, e de repente fiquei muito perto de rir. Também notei, pela primeira vez, o que ele estava vestindo: chuteiras e shorts, uma camisa de futebol azul. Devia estar congelando, com braços e pernas nus, mas não parecia nada incomodado com a temperatura. Os postes de luz reforçavam o luar pálido, esculpindo seu corpo na escuridão. Eu o observei pressionar as palmas das mãos nos olhos lacrimejantes, assisti quando os músculos de seus braços se contraíram e se soltaram sob a pele. Quando ele finalmente recobrou a postura normal e uma respiração estável, minha cabeça estava desconfortavelmente quente.

— Ai, caramba — ele disse. Outra tosse. — Sua irmã está *louca*?

Eu estava sorrindo muito agora, uma coisa rara para mim.

— Ela não está se casando neste exato momento. Mas está a caminho disso, acho. Escolheu o cara.

— *Escolheu o cara*? Afinal, o que isso quer dizer? E o que isso tem a ver com você estar parecendo um — ele gesticulou para mim, para o meu rosto — bandido em fuga?

Eu ri. Senti falta dessa versão de nós, das conversas fáceis que costumávamos ter. Ali e eu sempre nos sentíamos confortáveis juntos, e me lembrar disso agora — lembrar do que eu tinha perdido — de repente enfraqueceu o meu sorriso. Meneei cabeça para deter de sorrir.

— Ele veio *khastegari* — expliquei. — Ela aceitou. E esta noite…

— Espere, o que é *khastegari*?

Fiz uma careta e me virei para ele.

— Desde quando você não sabe falar farsi?

Ali deu de ombros.

— Eu sempre falei farsi como uma criança.

— Ah. — Eu ainda estava fazendo careta. — Bom, significa que ele a pediu em casamento.

— Mas você disse que ela o escolheu. Como quem escolhe um pêssego no mercado.

— Ah, sim, muitos caras propõem casamento — falei, cerrando os olhos para a luz intermitente de um avião —, mas ela escolheu esse.

— Shadi, não tenho ideia do que você esteja falando. Eu não conheço nenhum cara que peça as meninas em casamento.

Eu ri de novo.

Ele não riu.

— Estou falando sério — ele disse. — Parece mentira. Parece que você está descrevendo aquele *reality show The Bachelor*, só que ao contrário.

— Existe o contrário, chama *The Bachelorette*.

— Tanto faz.

— É, parece mesmo com isso. Mais ou menos. — Fiz outra careta. E me virei de novo para ele. — Você nunca ouviu falar mesmo de *khastegari*?

— Por que diabos eu teria ouvido falar?

— Não sei. — Dei de ombros. — Porque é bem comum.

— Você quer dizer que é normal? Que acontece o tempo todo? Mais de um cara pedir a mesma menina em casamento e depois ficar esperando para ver quem ela escolhe?

Eu ri.

— Não.

— Graças a Deus.

— Mas, às vezes — respirei fundo; estava começando a me sentir constrangida —, às vezes pode acontecer.

— Que loucura.

— Não é tão louco assim — afirmei, já não sorrindo mais.

Ali virou-se sem aviso prévio, um dos seus braços segurando o recosto do banco. Ele pôs-se a examinar o meu rosto de uma curta distância não muito confortável, então indagou:

— Puta merda. Esses idiotas estão *kasigarando* você também?

— É *khastegari*.

— Sei lá.

— Não são idiotas.

— *Ai, meu Deus.* — Ele voltou à posição original, encarando-me boquiaberto. — Quem pediria você em casamento? Você tem 17 anos. Não é ilegal?

Eu me irritei.

Quem pediria você em casamento? foi provavelmente uma das perguntas mais ofensivas já feitas a mim, e já tinham me feito muitas perguntas ofensivas na vida.

— Pra começar, eu vou fazer 18 daqui a um mês.

— Ainda assim é ilegal!

— Ouça — soltei, aborrecida. — Você claramente não tem frequentado a mesquita, porque não entende como isso funciona. Você não *se casa* com alguém de uma hora para outra. Pedir em casamento é uma formalidade, um costume. Um *khastegari* é, basicamente, um pedido de namoro, para conhecer um ao outro com a intenção específica de um dia, talvez, daqui a anos, às vezes, se casar. É considerado uma cortesia. É como um namoro apropriado, respeitoso, com intenções honrosas.

Ele não estava me escutando.

— Quantos caras *kassagariaram* você?

— *Khastegari*.

— Quantos?

Hesitei.

— Dois? — Os olhos dele arregalaram-se. — Três?

Desviei o olhar.

— *Mais de três?*

— Cinco.

— Puta que o pariu.

Ele se enrijeceu e me encarou de soslaio, como se nunca tivesse me visto antes. Como se eu tivesse contraído lepra.

Nada daquilo era lisonjeiro.

— Você tá me dizendo que tem cinco caras esperando você escolher um deles?

Suspirei.

— Cinco caras sentadinhos em casa, olhando pra parede, esperando você decidir qual deles vai se casar com você?

Revirei os olhos.

— Espere — ele riu. — Esses caras sabem que você fuma? Sabem que você anda por aí, em parquinhos abandonados à noite, perseguindo homens inocentes?

Olhei para ele com dureza.

— Tá, acho que é hora de eu ir.

Fiquei em pé e ele me deteve, sua mão segurando o meu antebraço. Eu o encarei, surpresa com a cena que se formou sob a iluminação baixa e irregular, surpresa pelo peso de um simples toque.

— Espere — ele pediu, já não mais sorrindo. — Só um pouco.

Eu me sentei de novo, encolhendo-me dentro do gorro.

— O que foi? — perguntei, ainda irritada.

— Você não vai se casar de verdade com um desses caras, vai?

Eu virei para ver o horror estampado em seu rosto. De repente, fiquei brava com ele. Brava por ele me fazer me sentir pequena, por estilhaçar o pouco que sobrava da minha vaidade.

INTENSA

— Achei que você tinha dito que eu não precisava da permissão de ninguém para viver a minha vida.

Ele se encolheu ao ouvir isso. Hesitou.

— Isso é diferente — afirmou. — Isso parece errado.

— Por que errado? E se eu gostar de verdade de algum deles? E se for algo que eu realmente queira?

Suas sobrancelhas ergueram-se. Ele pareceu subitamente perdido.

— E você quer?

— Quero o quê?

— Você, quero dizer, gosta de algum deles?

Eu quase ri.

— Por que eu contaria isso para você? Você passou esta conversa inteira horrorizado com a ideia de que alguém consideraria se casar comigo, e agora quer que eu disseque o funcionamento do meu coração para você?

Seus olhos se arregalaram.

— Shadi, eu só... Eu só me importo com você. Você é como... Quero dizer, eu ficaria mal se isso estivesse acontecendo com a minha irmã, entende? — Ele se endireitou. — Espere, não tem caras *kargareando* a minha irmã, tem?

Fiquei paralisada.

— Não.

— Nenhum?

— Não sei — respondi. — Faz tempo que não falo com a Zahra.

— Mas não que você saiba?

— Não.

— Ah. — Ele observou a noite ao redor. — Acho que estou ofendido.

— Pois é. — Tentei rir.

Em vez disso, suspirei.

Na primeira vez em que a mãe de um garoto comunicou à minha mãe sobre a intenção dele de se casar comigo, a coisa toda me pareceu incrivelmente engraçada, e compartilhei a história com Zahra, compartilhei para que pudéssemos analisar juntas aquela situação estranha e rir dela. No segundo *khastegari*, a mesma coisa. Mas, depois do terceiro, Zahra ergueu um muro entre nós. Ela começou tirando sarro de mim, começou a se perguntar em voz alta por que aqueles caras estariam interessados em mim. E eu, porque não queria brigar com Zahra, ria junto com ela, insistindo que ela estava certa. Eu sempre concordava que não fazia sentido que um cara estivesse interessado em mim.

— Bom, é porque você tem olhos verdes — ela me disse uma vez. *Todo mundo é obcecado pelos seus olhos. Que besteira.*

Era verdade.

As pessoas eram obcecadas pelos meus olhos, o que era mesmo uma besteira. Ainda assim, eu devia ter percebido. Devia ter percebido, naquele momento, que a nossa amizade estava se aproximando rapidamente da sua data de validade. Meu problema era que eu não sabia que amizades podiam ter uma data de validade.

— Ei — Ali disse baixinho, o som de sua voz me trazendo de volta ao presente. — Eu não queria ofender você. Honestamente. Essa não era a minha intenção.

— Sim — sussurrei a palavra na escuridão.

Não conseguia mais olhar para ele. Estava cansada. Estava ficando cansada das piadas feitas à minha custa, cansada de carregar um peso incalculável. Em alguns dias, eu me sentia tão pesada que mal podia sair da cama; estava achando cada vez mais difícil levar tantos golpes diferentes diariamente. Meu corpo estava desgastado, sem refúgio. Eu já não sabia onde poderia desmoronar em paz.

— Às vezes — falei baixinho —, eu gostaria de poder ir embora, simplesmente.

— Ir embora de onde? Da casa dos seus pais?

— Ir embora, simplesmente — respondi, olhando para o céu noturno. — Sair andando e não parar mais.

Ali ficou quieto por um longo tempo. Eu comecei a me arrepender profundamente daquela conversa toda quando ele falou com suavidade:

— Por quê?

Eu me virei para encará-lo e percebi que ele estava sentado perto de mim, muito mais perto do que antes. Quase pulei de dentro da minha pele. Nós nos olhamos e ele fez menção de falar, seus lábios se abrindo para o mais breve momento antes que congelassem assim, separados por uma respiração. Ele estava me encarando agora, encarando os meus olhos com uma intensidade surpreendente. Senti o medo deslizar pelo meu sangue.

Sua voz estava diferente — quase irreconhecível — quando ele perguntou:

— Você estava chorando?

Muito rápido, eu virei para o outro lado.

— É isso que você estava fazendo aqui? — Um pouco mais alto agora, um pouco mais nítido. — Shadi?

Eu senti, então, senti a terrível e ardente ameaça, senti como estava se construindo dentro de mim novamente. Engoli, tentei recuperar a minha compostura.

Ali tocou meu braço, suavemente, e congelei com a sensação. Não conseguia encontrar seus olhos.

— Ei — ele disse. — O que está acontecendo? O que aconteceu?

O calor não diminuía. Estava faminto de novo, voraz e terrível, acumulando-se nas minhas entranhas, na minha garganta, atrás dos meus olhos. Por meses eu tinha tentado manter tudo lá dentro, não dizer nada, não falar com ninguém, lutar sozinha. Por quase um ano eu tinha segurado a respiração, fechado os lábios, devorando-me até não conseguir dar outra mordida. No início, eu não conhecia os limites do meu próprio corpo, não sabia quanto tempo levaria para digerir a dor, não tinha percebido que poderia não ser capaz de contê-la ou que ela poderia continuar a se multiplicar. Passara todos os dias em pé à beira de um precipício aterrorizante, medindo o abismo, querendo, não querendo despencar.

Quando seus dedos roçaram minha bochecha, parei de respirar.

— Shadi — ele sussurrou. — Olhe para mim.

Ele pegou meu rosto em suas mãos, prendendo-me no lugar com seus olhos e eu, eu estava tão desesperada para exalar aquela dor que não consegui me afastar. Estava tremendo, meu coração pulando no peito. Mesmo agora, eu estava tentando reprimir tudo, fingir que estava tudo bem, recompor-me, mas havia algo no toque da pele dele na minha, o calor que irradiava de seu corpo... Que quebrou o que restava do meu autocontrole.

Quando comecei a soluçar, ele ficou paralisado.

E, então, antes que eu pudesse respirar novamente, ele me puxou em seus braços.

Eu estava chorando tanto que não conseguia falar, mal conseguia respirar em meus pulmões. Desabei contra ele, ossos trêmulos, e fiquei surpresa ao sentir sua pele contra o meu rosto. Sua camisa tinha um decote em V, expondo um triângulo de seu peito para a noite, para meu rosto. Pressionei minha face contra aquele calor, cílios molhados tremulando contra sua garganta, ouvindo seu coração bater acelerado. Minhas mãos estavam presas entre nós, o tecido fino da camisa fazendo pouco para esconder seu corpo do meu. Ele era quente e sólido e forte e estava me segurando em seus braços como se precisasse de mim ali, como se fosse me segurar assim para sempre se eu quisesse.

Tudo parecia um sonho estranho.

Eu poderia nunca ter me afastado se não fosse pelo meu cérebro, pelo meu cérebro gaguejante, pela vergonha que foi despontando lentamente. Apenas depois, depois que minhas lágrimas diminuíram, depois que incontáveis minutos se passaram, depois de gastar o calor do meu coração de uma só vez, percebi que tinha desmoronado sobre um garoto que eu não tinha o direito de tocar, que eu não tinha o direito de afogar nas minhas lágrimas e na minha dor.

Eu me afastei de repente, ofegando centenas de desculpas.

Limpei meus olhos, esfreguei meu rosto. Fiquei subitamente tomada pela vergonha, com medo de olhar para ele. O silêncio desceu sobre nós, expandiu-se na escuridão, tornou-se espesso com a tensão. E, quando eu finalmente me atrevi a olhar para cima, fiquei surpresa.

Ali parecia abalado.

Ele estava respirando tão forte que eu podia ver, podia ver seu peito mover-se para cima e para baixo, para cima e para baixo. Ele olhou para mim como se tivesse visto um fantasma, testemunhado um assassinato. Ele ainda estava olhando para mim quando tocou meu cotovelo, traçou uma linha no meu braço, pegou minha mão, me puxou.

E me beijou.

Calor, suavidade, seda. Sua mão estava sob meu queixo, puxando-o levemente para cima, abrindo-me. Eu não entendia, não sabia o que fazer com as minhas mãos. Nunca tinha sido tocada assim, nunca tinha sentido nada assim, estava indefesa diante daquilo. Ele arrastou os dedos pela lateral do meu pescoço, meu ombro, agarrou minha cintura, puxando minha blusa com o punho fechado. Meu coração estava batendo perigosamente no peito, mais forte e mais rápido do que eu jamais tinha sentido, e suspirei quando ele se moveu na minha direção, suspirei ao me afogar, fiquei sem ossos quando ele se afastou, beijou minha garganta, sentiu o gosto do sal na minha pele. Um sussurro, um sussurro do meu nome e uma mão atrás da minha cabeça e, então, uma repentina, desesperada explosão no meu peito. Ele me beijou com um fogo que eu nunca, eu nunca, e desmontei, tremendo em todo lugar, meu cérebro falhando ao tentar formar um pensamento.

Eu me afastei, recuei, caí da face da Terra.

Apoiei meu corpo líquido contra o banco, incapaz de respirar, certa de que nunca mais seria capaz de ficar em pé. Eu não entendi o que acabara de acontecer, não sabia como foi acontecer. Só sabia que era, provavelmente, algo ruim. Provavelmente, muito ruim. Quase com certeza, talvez, provavelmente, um erro.

Ali olhou para mim, olhou para mim e depois desviou o olhar, levantou-se muito rapidamente e passou as duas mãos pelos cabelos. Ele parecia em pânico.

— Ai, meu Deus — ele disse, balançando a cabeça. — Meu Deus. Me desculpa. Desculpa. Eu não...

Ele não conseguia recuperar o fôlego, eu podia enxergar dali, na meia-luz. Parecia tão abalado quanto eu, e sua confusão me confortou, senti-me menos à deriva. Menos louca.

Tropecei em meus pés, instável.

Tinha que ir embora dali. Eu sabia disso, sabia que tinha que ir para casa, chegar lá de alguma forma, mas meu coração não se acalmava. Minha cabeça estava girando. Ninguém nunca tinha me beijado antes. Ninguém nunca tinha me tocado antes, não daquele jeito, não *daquele* jeito, ali estava ele de novo, com as mãos em volta do meu rosto, sua boca macia e quente, com um leve gosto de cigarro. Meus joelhos quase cederam quando ele me abraçou, separando meus lábios com os dele, beijando-me tão profundamente que reagi, emiti um som que nem sabia que existia. Eu não conseguia acreditar que aquilo estava acontecendo. Devia estar sonhando, perdendo a cabeça. Ele beijou meu rosto, meu queixo, seus dentes roçaram na minha mandíbula, seus braços me puxando para mais perto, mais perto. Senti cada centímetro dele sob minhas mãos, senti como ele se movia, senti seu corpo endurecer como se fosse um peso sólido, uma parede de massa muscular magra. O cheiro dele, de sua pele, me atingiu, me confundiu. Eu o inspirei como se fosse essencial, a sensação resultante tão inebriante que estilhaçou algo vital dentro de mim, trouxe minha consciência de volta à vida.

Tudo aquilo era demais.

Eu não tinha ideia do que estava fazendo. Não tinha ideia do que tinha feito, o que eu acabara de desfazer. Eu precisava de espaço, precisava de tempo, precisava, precisava respirar.

Eu me afastei desesperadamente, com falta de ar.

Minhas mãos tremiam. Ali estava respirando com dificuldade. Ele parecia instável ali parado, então fechou os olhos. Abriu-os.

— Shadi — ele disse. — Shadi.

Balancei a cabeça. Balancei a cabeça sem parar.

— Desculpa — ele pedia. — Eu... Eu não quis que...

Corri para casa.

DEZESSEIS

Eu estava como um cadáver deitada na cama, rosto voltado para o teto, meu corpo congelado e sem vontade de se aquecer. Assisti, como se fosse de fora de mim mesma, à lua passando pelas lâminas mal--ajambradas da persiana, espalhando luz pelo teto áspero, criando constelações misteriosas.

Meu pai voltaria para casa no dia seguinte.

Fiquei sabendo ao chegar, meu cérebro como uma sopa. Tinha pegado uma chuva torrencial repentina enquanto corria para casa, e o resultado disso foi tal qual um milagre. Como eu estava encharcada e patética, minha mãe ficou ocupada demais me repreendendo pela minha falta de consideração para perceber as evidências das minhas lágrimas recentes ou, pior, infinitamente pior: a prova da boca de alguém nos meus lábios, meu rosto, meu queixo, minha garganta. Mãos, mãos por todo o meu corpo.

Eu estava queimando sob a umidade, me sentindo febril. Corri para o chuveiro, corri para vestir roupas quentes, forçada a sentar--me no sofá com uma xícara de chá quente. Afundei no inesperado conforto, saboreei as atenções que há muito tempo temia extrair da minha mãe. Ela e minha irmã nem pareciam se lembrar da cena horrível de antes, as duas também distraídas com boas notícias, boas notícias que quase me fizeram engasgar, o chá quente escaldando minha garganta.

Meu pai voltaria para casa no dia seguinte.

Eu não conseguia parar de olhar para a minha mãe, para o sorriso dela no rosto. Tinha pensado que ela e eu tínhamos um entendimento tácito da situação. Que concordávamos. Mas ela parecia feliz com a notícia, parecia grata. Congelei quando ela a compartilhou, esculpindo um sorriso no meu rosto.

Até tu, Brutus?, pensei.

Eu estava tão certa de que ele morreria. Sua passagem mais recente pelo hospital tinha durado duas semanas; todos esperaram pelo pior. Eu fizera planos para sua morte, imaginando meu futuro na sua ausência. Tinha me parecido uma coisa resolvida que meu pai morreria. Seu primeiro ataque cardíaco parecera a mim uma espécie de justiça poética, do tipo concedida pelo Mais Justo, tornado possível pela Providência.

Meu Deus, pensei. *Estou sendo punida por beijar um menino?*

Eu ouvira, é claro, ouvira os detalhes que minha mãe e irmã forneciam sobre o estado do meu pai. Após seu primeiro ataque cardíaco, eles tinham feito algo chamado angiografia coronária, que ajudou a determinar onde, exatamente, o bloqueio ocorrera. Depois disso, eles colocaram um *stent* em seu coração, um procedimento relativamente simples que envolvia a inserção de um pedaço de metal dentro de uma artéria para ajudar a abrir a válvula e aumentar o fluxo sanguíneo para o coração. Parecia, na época, um procedimento assustador, mas ele tivera alta alguns dias depois, e, depois de algumas noites em casa, fora liberado para voltar ao trabalho. Todos pensaram que ele ficaria bem.

Quando o segundo ataque cardíaco aconteceu, as coisas se complicaram.

Este fora pior. Mais agressivo.

Um coágulo de sangue se desenvolvera onde o *stent* estava colocado, cortando todo o fluxo. Houvera medo real desta vez, mesmo nas vozes dos médicos, sobre como tal ocorrência era extremamente rara, como meu pai podia estar em maior risco do que eles suspeitavam. De repente, falou-se em cirurgia de coração aberto. De repente, ele não estava sendo tratado de um ataque cardíaco — estavam investigando doenças cardíacas.

Confuso.

Meu pai era um homem saudável que não fumava, não bebia nem comia muita carne vermelha. Ele se exercitava regularmente e parecia bem para sua idade. Mas seus níveis de colesterol subitamente dispararam, algo que seu médico determinou que era resultado de um estresse externo. Estresse emocional.

Os médicos realmente queriam evitar a cirurgia de coração aberto. Era uma cirurgia extrema, com efeitos colaterais incapacitantes e uma longa recuperação, então queriam primeiro tentar uma alternativa. Mais *stents*, betabloqueadores, estatinas — essas foram as palavras que eu ouvira aqui e ali. Os médicos realizaram outros procedimentos nele, o que foi deixando-o cada vez mais prostrado, mais letárgico, precisando de cada vez mais tempo para se recuperar. A angioplastia — o procedimento cirúrgico que precede a colocação de um *stent* — precisou abrir uma veia em sua coxa, e, na última vez em que eu o vira, ele estava deitado lá com um saco de areia no colo, precaução necessária para manter a ferida fechada. Eles estavam monitorando meu pai por mais tempo do que o normal, mantendo-o no hospital até que seus níveis caíssem abaixo de um certo número. Seu colesterol estava tão alto que havia a preocupação de ocorrer outro ataque cardíaco.

Outro ataque, eles disseram, poderia matá-lo.

Eu não duvidara de que iria. Estava esperando pela ligação, pelo momento que redefiniria a minha vida, daria sentido à morte do meu irmão, estabeleceria algum tipo de equilíbrio existencial. Estava esperando por isso, orando por isso...

E agora ele estava voltando para casa.

Eu não sabia como me sentir.

Eu não sabia se queria sentir seja lá o que fosse.

Suspirei quando me virei e pressionei meu rosto frio contra o travesseiro frio. Eu estava enrolada como um caracol, meus pés congelados agarrados um ao outro. Não importa o quanto eu tentasse criar fricção sob as cobertas pesadas, meu corpo não aquecia. Estremeci, fechei os olhos com força, ouvi o tique-taque fraco do relógio acima da minha mesa.

Ouvi meu coração disparado.

Não tinha parado de bater com força.

Ainda estava batendo tão forte que começava a me assustar, começando a doer. Batia perigosamente no peito, mesmo agora, na calada da noite, tornando a respiração impossível. Eu não sabia como descrever o que estava sentindo, o que eu estava pensando. Estava tentando ignorar isso ao longo da noite, tentando enterrar do jeito que enterrava tudo o mais que me perturbava, mas aquilo — de alguma forma, aquilo era diferente. Eu tinha perdido a cabeça quando meu coração estava mais exposto, facilmente perfurado. A recuperação, percebi, seria lenta.

Pensei em Deus.

Tinha quebrado uma regra ao beijar Ali, tinha partido um dogma ao meio, jogado no chão uma orientação religiosa. Não era a primeira vez em que eu fazia isso, e certamente não seria a última, mas, ainda assim, fiquei desconcertada.

Até mesmo Mehdi, eu sabia, ficaria surpreso.

Mehdi era três anos mais velho que Ali, e os dois tinham se cruzado, como acontecia com membros do mesmo grupo social. Ali e Mehdi eram daquela safra específica de belos muçulmanos adolescentes que aparecia na mesquita apenas ocasionalmente, em geral para grandes eventos e em feriados, e muitas vezes forçados por seus pais. Eles achavam a religião tão atraente quanto ridícula, e geralmente não tinham certeza sobre a existência de Deus. Mas era precisamente a falta de convicção que tornava fácil para eles serem assimilados — tornava mais fácil para eles pertencerem a muitos grupos ao mesmo tempo, e não a um só.

Eu sempre tinha invejado aquele tipo de liberdade. Teria sido mais fácil, muitas vezes pensei, ser daquela variedade de muçulmano, do tipo que conseguia se afastar de sua fé para ser aceito.

Como seria?, me perguntei. Sair daquela pele quando conveniente, ser visto pelo mundo como algo além de uma barata. Eu temia nunca saber. Sempre carregava comigo o fardo da convicção, que não tinha como deixar de lado. Eu não tinha como negar as

INTENSA

crenças que haviam me moldado tanto quanto não poderia negar a cor dos meus olhos.

Isso contribuía para uma vida solitária.

Não havia refúgio para minha marca de solidão. Eu não era nem iraniana o suficiente para ser aceita pelos iranianos, nem americana o suficiente para ser aceita pelos meus colegas. Eu não era nem religiosa o suficiente para as pessoas na mesquita, nem secular o suficiente para o resto do mundo. Eu vivia, sempre, no plano incerto de um hífen.

Fechei os olhos e respirei fundo.

Mesmo agora eu podia sentir os lábios de Ali no meu pescoço, podia cheirá-lo como se ele estivesse preso aqui, à minha pele. Meus olhos se abriram.

Finalmente tinha provado que Zahra estava certa.

Finalmente tinha cruzado a linha que ela sempre temera que eu cruzasse.

Finalmente perdi o controle e me entreguei. Não tinha a intenção de contar a ninguém o que acontecera entre mim e Ali naquela noite, mas imaginei o rosto de Zahra mesmo assim, imaginei a sua indignação.

Pela primeira vez, consegui não me importar.

ANO PASSADO

PARTE IV

TINHA SIDO UM DIA estranho e exaustivo. Eu tinha acordado tarde, atrasada para ir à escola, esquecido o casaco, brigado com a minha melhor amiga, me arrastado de uma aula para outra. O dia tinha começado errado e, pelo resto do tempo, fiquei tentando recuperar o atraso, na esperança de salvar o que sobrava daquela tarde. E, até quinze segundos atrás, eu tinha pensado que conseguiria. Que tinha sobrevivido ao pior. Mas, agora… Agora estava me perguntando se aquele dia terminaria me matando.

Podemos conversar?

Eu fiquei olhando para a mensagem por quinze segundos. Fiquei ali, congelada no meio do meu quarto, paralisada pela indecisão.

Naquele dia, após meses de tensão, Zahra e eu finalmente tínhamos conseguido encontrar um caminho de volta à normalidade. As coisas haviam estado instáveis entre nós por tanto tempo — suas mudanças de humor eram particularmente difíceis de lidar, mas eu estava começando a esperar que seria possível consertar a relação. Zahra tinha sido, às vezes, chocantemente cruel comigo, mas não era difícil perdoar seus lapsos, especialmente quando entendi por que ela estava sofrendo.

Todos nós estávamos sofrendo.

Era uma época terrível — política e emocionalmente — para todos nos Estados Unidos, mas havia uma dor especial para aqueles que não pareciam ter permissão para participar, como se não tivéssemos o direito de chorar ao lado de nossos concidadãos. Muçulmanos americanos tinham muito para lamentar — mais do que a maioria das pessoas imaginaria. Estávamos arrasados não só pela horrível tragédia que se abatera sobre o nosso país, mas pelas consequências desastrosas que afetavam nossas comunidades religiosas, e as perdas pessoais que tínhamos sofrido — amigos e familiares mortos, pessoas desaparecidas — nas guerras no exterior.

Mas nada disso parecia importar; ninguém queria ouvir sobre a nossa dor. Na maioria dos dias, eu entendia por quê. Alguns dias, eu queria gritar.

Era uma época solitária e isolada. Eu não queria perder Zahra; sabia muito bem como seria difícil encontrar uma amiga verdadeira, especialmente agora.

Mas Ali era meu amigo também.

Olhei para cima, então; olhei pela janela. Meu telefone vibrou.

Posso passar aí

Zahra estava errada. Suas acusações eram infundadas. Não havia nada entre mim e Ali, nós nunca tínhamos ficado juntos, nunca tínhamos feito nada impróprio. Mas a verdade não parecia importar. Ficou cada vez mais claro para mim que a única maneira de manter os dois irmãos na minha vida era ficar longe de Ali — uma tarefa mais difícil de realizar do que eu tinha imaginado. Uma eletricidade de baixa tensão existia entre nós dois desde quando eu chegara a uma idade suficiente para entender isso e, em algum momento do ano anterior, essa eletricidade finalmente tinha faiscado, incendiado. Eu estava tentando desesperadamente ignorar aquilo. Ali, não.

Só por alguns minutos?, escrevi de volta.

Ok

Vibrou de novo.

Mesmo lugar?

A culpa se apoderou brevemente de minha mente, paralisando meus dedos.

Duas vezes. Já tínhamos nos encontrado duas vezes. Apenas duas vezes e apenas no mês anterior, mas, de alguma forma, já tínhamos o nosso *lugar*. Ali e eu passáramos muito tempo juntos ao longo dos anos, mas nunca tínhamos combinado nada, nunca alinhávamos nossas vidas com o propósito expresso de ficarmos sozinhos. Não até que ele me mandou uma mensagem de texto pela primeira vez...

Você pode vir aqui fora?

E corri porta afora.

— O que está acontecendo? — indaguei, correndo em direção a ele. Eu estava sem fôlego e confusa, tentando ler a expressão em seu rosto. — Está tudo bem?

— Nossa. — Ali balançou a cabeça e sorriu. — Eu não sabia que alguém tinha que morrer para eu poder passar um minuto a sós com você.

De repente, fiquei sobrenaturalmente imóvel.

— O quê?

— Eu só queria ver você — disse ele. — Tudo bem?

— Ah. — Eu não conseguia controlar minha respiração. — Ah. Ele riu.

— Você... — Fiz uma careta. — Você quer dizer que não tem nada importante para me dizer?

Ele riu de novo.

— Na verdade, não.

— Você só queria me ver?

Ele sorriu para o céu.

— Sim.

— Mas nos vemos todos os dias.

Finalmente, ele me olhou nos olhos. Respirou fundo.

— Shadi.

— Sim?

Ele enfiou as mãos nos bolsos e acenou com a cabeça em direção à calçada.

— Vamos — ele disse calmamente — dar uma volta.

Essa tinha sido a primeira vez.

Na segunda vez... Eu não tinha uma boa desculpa para vê-lo na segunda vez. A segunda vez foi provavelmente um erro, o tipo de decisão nascida de um desejo simples e impulsivo. Tentava me convencer de que nada tinha acontecido, porque nada de fato tinha acontecido. Já tinha acabado o dever de casa e estava virando uma caixa de balinhas na minha boca quando ele me mandou uma mensagem, então fechei minha pasta e coloquei a caixa debaixo do braço.

Demos outra volta naquele dia, passando as balinhas entre nós enquanto caminhávamos. Não queríamos ir a nenhum lugar em particular, mas acabamos indo à biblioteca perto da minha casa, que era aonde eu sempre dizia à minha mãe que estava indo.

Rapidamente perdi a noção do tempo. Estávamos sentados em um banco do lado de fora do prédio, falando sobre todos os tipos de nada. Em determinado momento, ri tanto de algo que ele disse que quase morri engasgada com as balinhas, depois tentei ficar séria, mas o esforço só me deixou nervosa — e me forçou a encarar a verdade sem nome que existia entre nós.

Ali não se importava com o silêncio.

Ele me encarou, sem falar, e senti, senti tudo que ele não disse. Estava na maneira como ele respirava, na maneira como se mexia ao meu lado, do jeito que seu olhar baixou, brevemente, para os meus lábios. Minhas mãos tremeram. Deixei cair a caixa de balas e seu conteúdo voou pela rua. Meu coração disparou enquanto eu olhava para a bagunça, para as pedrinhas rosas e roxas que se alojaram nas rachaduras do concreto. Todos os meus instintos estavam gritando comigo, gritando que algo iria acontecer.

Eu tinha acabado de olhar para ele quando meu telefone tocou.

Era minha mãe. Minha mãe, que, depois de declarar, brava, que o sol estava quase desaparecendo do céu, exigiu que eu voltasse para casa. Desliguei e me senti não muito diferente de uma luz morrendo, brilhando antes de queimar. Não consegui encontrar os olhos de Ali. Eu não sabia o que dizer.

Eu nunca teria dito o que realmente estava pensando, que era que eu queria ficar ali, com ele, para sempre. Um pensamento chocante. Aterrorizante pelas demandas que colocaria sobre os nossos corpos. De alguma forma, ele pareceu entender.

— Sim — ele disse suavemente. — Eu também.

Respirei fundo agora, olhei pela janela novamente.

Meu peito estava apertado, como se meu coração estivesse empurrando, puxando, tentando escapar. A simples visão do nome dele no meu telefone despertou em mim um paroxismo de emoções que não pude ignorar. Mas, de uma maneira ou outra, algo sempre me forçava a me afastar dele, e eu sabia — sabia, e não sabia como — que aquela, a terceira vez, seria a última.

Sim, eu digitei de volta.

Mesmo lugar.

Saí para a luz de um sol poente.

O tempo mudou de ideia novamente, o céu clareou, ficou mais quente na segunda metade do dia. Era à noitinha no final de setembro, o ar quente e perfumado, o brilho apenas começando a dourar as ruas. Era uma daquelas raras horas douradas, cheias de promessas.

Eu estava tão certa do meu compromisso de ver Ali por apenas alguns minutos que nem disse aos meus pais que iria sair. Morávamos em um bairro seguro e tranquilo — o tipo de lugar onde só os moradores locais circulam —, o que significava que, em sua maior parte, as ruas estavam vazias. Quietas.

Desapareci no quintal, atravessei o portão dos fundos; achei que estaria de volta antes que alguém percebesse que tinha saído. Fitei o sol enquanto caminhava, senti a forma do vento em torno de mim. Em dias como aquele, eu me imaginava caminhando com graça, meu corpo elegante na brisa, a luz lisonjeira. Na maioria das vezes, aquele tipo de silêncio me tranquilizava.

Naquele dia, eu mal conseguia respirar.

INTENSA

Eu não sentia nada além de nervosismo quando me aproximei do final da rua.

Eu estava tentando, desesperadamente, firmar meu coração, que batia forte, e matar as borboletas presas entre as minhas costelas.

Ali estava sentado no meio-fio.

Ele se levantou quando me viu, olhou para mim até seus olhos ofuscarem sob um raio de luz dourada. Ele protegeu o rosto com o antebraço, virou o corpo para longe do sol. Por um momento, ele parecia pego em uma chama.

— Ei — falei calmamente.

Ali não disse nada a princípio, depois respirou fundo.

— Oi — respondeu, e exalou.

Encontramos um pedaço de sombra sob uma árvore. Observei as folhas, os galhos. Gostaria de saber quão rápido um coração poderia bater antes de se quebrar.

Ali estava olhando para uma placa de pare quando disse:

— Shadi, não posso mais fazer isso.

Não sei como, meu coração encontrou uma maneira de bater ainda mais rápido.

— Mas não estamos fazendo nada — respondi.

Ele me encarou.

— Eu sei.

Eu queria me sentar. Deitar. Minha mente não estava inteiramente certa do que estava acontecendo, mas meu corpo — meu corpo fraco, febril — não tinha dúvidas. Até minha pele parecia saber. Cada centímetro de mim estava tenso de medo, de sentimento. Tive o mais estranho desejo de encontrar uma pá, de me enterrar sob o peso de tudo aquilo.

Ali desviou o olhar, fez um som, algo como um riso. Ele abriu a boca três vezes para falar, e parou a cada vez. Finalmente, disse:

— Por favor. Diga algo.

Eu estava olhando para ele. Eu não conseguia parar de olhá-lo.

— Não consigo.

— Por que não?

Fiquei horrorizada ao ouvir minha voz tremer quando respondi:

— Porque estou assustada.

Ele deu um passo à frente.

— Por que você está assustada?

Sussurrei seu nome e foi praticamente um pedido, um apelo por misericórdia.

Ele disse:

— Eu continuo esperando, Shadi. Continuo esperando que essa sensação vá embora, mas só está piorando. Às vezes sinto como se você estivesse me matando — ele riu.

Eu não conseguia respirar.

— Não é estranho? — ele disse. Eu vi o tremor em suas mãos antes de ele passar os dedos pelo cabelo. — Eu pensava que esse tipo de coisa era para fazer as pessoas felizes.

Algo, então, desbloqueou minha língua. Desbloqueou meus ossos.

— Que tipo de coisa?

Ele se virou para mim, seus braços caindo para os lados.

— Você sabe, eu nem sei exatamente quando me apaixonei por você. Foi há anos.

Pensei, por um momento, que meus pés estavam se afundando na terra. Eu olhei para baixo, olhei para cima, ouvi meu coração bater. Dei um passo inconsciente para trás e quase tropecei nas grandes raízes de uma árvore próxima.

— Shadi, eu te amo — disse ele, aproximando-se. — Eu sempre amei você…

— Ali, por favor.

Meus olhos se encheram de lágrimas. Eu não conseguia parar de balançar minha cabeça.

— Por favor. Por favor. Eu não posso fazer isso.

Ele ficou em silêncio por tanto tempo que quase me assustou. Eu o vi engolir em seco. Eu o vi lutar para se recompor, para ajustar seus pensamentos. E, então, baixinho:

— Você não pode fazer o quê?

— Eu não posso fazer isso com ela. Com Zahra.

Algo cintilou em seus olhos. Surpresa. Confusão.

— Você não pode fazer o que com Zahra?

— Isto, *isto*...

— E o que é *isto*, Shadi? — Ele diminuiu a distância restante entre nós e, de repente, estava bem na minha frente, de repente eu não conseguia pensar direito.

Meu coração parecia estar gritando, batendo os punhos contra o meu peito. Eu queria desesperadamente tocá-lo, dizer-lhe a verdade, admitir que adormecia na maioria das noites pensando nele, que encontrava seu rosto em quase todas as minhas memórias favoritas.

Mas não fiz nada disso.

Não consegui.

O sol estava batendo forte no céu, pintando seu rosto em fitas etéreas de cor, embaçando as bordas de tudo. Eu senti como se estivéssemos desaparecendo.

Não pude evitar quando sussurrei:

— Você está parecendo uma pintura do Renoir.

Ele piscou.

— O quê?

— Desculpe, não sei por que...

— Shadi...

— Por favor — pedi, interrompendo-o. Minha voz estava falhando. — Por favor, não me obrigue a fazer isso.

— Não estou obrigando você a fazer nada.

— Está, sim. Está me fazendo escolher entre você e Zahra, e eu não posso fazer isso. Você sabe que não posso. Não é justo.

Ali balançou a cabeça.

— Por que você teria que escolher? Isto não tem nada a ver com a minha irmã.

— Tem tudo a ver com a sua irmã — expliquei desesperadamente. — Ela é a minha melhor amiga. Isto, nós, iria arruinar o meu relacionamento com ela. Arruinaria o *seu* relacionamento com ela.

— O quê? Como? O que estaríamos fazendo de errado?

— Você não entende — falei. — É complicado... Ela...

— Meu Deus — ele gritou, virando-se. — Eu odeio a droga da minha irmã.

Perdi as forças. Senti a emoção drenando meu corpo.

— Ali. Esse é o problema. Esse é todo o problema.

Ele virou de volta.

— Pelo amor de Deus, Shadi, me diga o que *você* quer. Você me quer? Você quer ficar comigo? Porque, se quiser, é tudo que importa. Vamos achar um jeito.

— Não podemos — afirmei. — Não é tão simples assim.

Ele estava balançando a cabeça.

— É simples assim. Eu preciso que seja simples. Porque não consigo mais fazer isto aqui. Não aguento mais. Não posso te ver todos os dias e apenas fingir que isso não está me matando.

— Mas você precisa.

Ele ficou quieto de repente. Eu observei a cena; eu o vi se endireitando, enrijecendo, em tempo real. E então, duas palavras, tão cruas que pareciam ter rasgado seu peito:

— Não posso.

Pensei que realmente poderia perder minha cabeça naquele momento, pensei que começaria a chorar, ou, pior, a beijá-lo e, em vez disso, torturei minha mente por uma resposta, por uma solução para aquela loucura, e me agarrei ao primeiro pensamento estúpido que passou pela minha cabeça. Falei de forma imprudente, apressada, antes mesmo que eu tivesse a chance de refletir um pouco.

— Então, talvez… Talvez fosse melhor que não nos víssemos. Talvez simplesmente não devêssemos estar mais na vida um do outro.

Ali recuou, recuou como se tivesse sido atingido por algo. Ele esperou pelo que me pareceu uma eternidade para falar, voltou atrás, mas meus lábios ficaram dormentes, minha mente lenta demais para navegar naquele labirinto de emoções. Eu não sabia o que tinha acabado de fazer.

Finalmente — sem dizer uma palavra — Ali foi embora. Desapareceu no pôr do sol agonizante.

Percebi, enquanto chorei até adormecer naquela noite, que eu o teria machucado menos se simplesmente tivesse enfiado uma estaca em seu coração.

INTENSA

DEZEMBRO

2003

DEZESSETE

Eu chutei as cobertas e me arrastei para fora da cama. Não tinha conseguido dormir, provavelmente não dormiria com aquele emaranhado confuso na minha cabeça latejante, no coração latejante. Eu me enrolei no cobertor, abri silenciosamente a porta do meu quarto e desci as escadas. Todos os quartos ficavam no mesmo andar, o que deixava a sala livre à noite.

Uma vez lá embaixo, acendi a luz.

O ambiente ganhou vida, o zumbido ininterrupto de eletricidade enchendo-me de uma vaga tristeza. Sala de jantar, cozinha, sala de estar. Tudo parecia frio sem minha mãe. Desabei no sofá e me aninhei no meu cobertor, na esperança de entorpecer minha mente com um opiáceo confiável.

Liguei a televisão, não ajudou.

A legenda que aparecia na tela indicava URGENTE e resumia ordenadamente as tempestades que eu enfrentaria na escola pelas próximas seis semanas. Naquele momento, os âncoras do noticiário estavam discutindo a possibilidade de outros membros disfarçados da Al Qaeda estarem vivendo ali, nos Estados Unidos, novos dados sugerindo que eles tinham entrado no país mais ou menos na mesma época dos sequestradores do 11 de setembro. Estávamos agora procurando por eles.

Desliguei a televisão.

O FBI vinha ligando para membros da nossa congregação, interrogando-os por telefone e aterrorizando-os. Tantas pessoas foram abordadas por um agente que, para alguns, tornou-se uma espécie de piada.

Eu não achava engraçado.

Os interrogatórios aleatórios estavam criando uma divisão, causando questionamento e desconfiança entre as pessoas. A comunidade muçulmana nunca tinha sido perfeita — sempre tivéramos nossas esquisitices e divergências e uma geração espinhosa de racistas e machistas ultrapassados apegados demais à cultura e à tradição para ver as coisas claramente...

Mas também tínhamos muito mais do que isso.

Alimentávamos os pobres, trabalhávamos continuamente como voluntários, organizávamos diálogos de paz, acolhíamos refugiados. Quase todas as crianças na mesquita tinham nascido de pais que fugiram da guerra em outro país, ou então que tinham vindo aqui para encontrar oportunidades melhores e mais seguras para suas famílias. Nós tínhamos construído um santuário juntos, uma casa segura para marginalizados que não teriam opção. Eu amava nossa mesquita. Adorava me reunir lá para orações, feriados e meses sagrados.

Mas as coisas estavam mudando. O FBI não estava apenas interrogando pessoas — estava procurando recrutas dentro da congregação. Oferecendo grandes somas em dinheiro para qualquer pessoa disposta a espionar seus amigos e sua família. Sabíamos disso porque as pessoas compartilhavam suas histórias de terror após as orações, ficavam perto da saída com apenas um sapato, gesticulando descontroladamente com o outro. O que não sabíamos, é claro, era quem tinha aceitado a missão. Não sabíamos quem entre nós tinha aceitado o cheque e, como resultado, estávamos prontos para nos devorarmos vivos.

Esse pensamento me deixou com fome.

Preparei para mim uma tigela de cereal, sentei sob a luz fraca da mesa da cozinha. Houvera uma época em que meus pais mantinham a despensa sempre abastecida, quando as refeições eram um momento de reunião, quando a comida, deliciosa e abundante, suavizava os problemas. Naqueles dias, quando abria a geladeira, encontrava leite, pepinos enrugados e uma caixa de ovos. Na despensa tínhamos pouco além de molho de tomate em lata, uma caixa de cereais, ervas secas e macarrão instantâneo — uma receita perfeita para o nosso fogão elétrico que só conseguia ferver água.

Eu ouvi o zumbido das luzes.

Dei outra colherada no cereal frio, tremendo ao tentar novamente lembrar onde deixara o telefone. Tinha sido mais fácil do que eu esperava passar tanto tempo sem ele; ele de pouco adiantaria sem Zahra na minha vida. Além dela, meu irmão era o único com quem eu trocava mensagens. Meu coração saltou com esse pensamento, tentei dominar meu controle emocional e me forcei a dar outra colherada, assim me concentraria em não engasgar. E talvez em pensar no dever de casa. Eu tinha uma quantidade infinita de lição para fazer.

Não estava disposta a olhar de muito perto meus fracassos recentes.

Fracasso número um: tinha perdido a aula de cálculo multivariado na noite anterior, o que significava que, até mesmo com pontuações perfeitas, o conselho não me daria mais do que um B. Isso parecia uma injustiça inacreditável e desmedida e, embora tenha me ocorrido que eu provavelmente poderia explicar para a professora que minha mãe tinha sido internada, havia uma pequena chance de ela não acreditar em mim — ou, pior, pedir uma prova do estado da minha mãe —, e isso era motivação suficiente para eu permanecer em silêncio.

Fracasso número dois: tinha zerado na prova de História da Arte. Não precisei esperar pelos resultados para saber essa verdade. Eu tinha entregado a prova em branco; iria reprovar naquela etapa. Mas ainda havia uma chance de não pesar tanto assim na média final. O professor era do tipo que gostava de fazer o exame final valer metade da nossa nota e, como tínhamos acabado de entrar na segunda semana de dezembro, minha última chance ainda estava por vir. Na verdade, em algumas semanas eu teria que sobreviver a uma

INTENSA

enxurrada de provas, e não tinha noção de como faria isso. Havia, além de tudo, uma urgência iminente: as inscrições para a faculdade.

Os processos seletivos.

Eu inalei tão de repente que tossi, leite e meio cereal tinham descido pelo lugar errado. O que eu estava pensando? Eu não conseguiria ir para a faculdade. Meus olhos lacrimejaram e os limpei com a manga, cobrindo a boca enquanto continuava a tossir.

Eu iria para a faculdade?

Poderia abandonar minha mãe ali? Todo aquele tempo eu estivera esperando que meu pai morresse, também pensando no meu futuro. Shayda estava a caminho de se mudar para outro lugar, para se casar. Com três de nós cinco fora, eu não acho que teria coragem de deixar minha mãe para trás.

Mas, agora...

Um tiro de esperança subiu pelas minhas costelas apodrecidas. Um benefício a mais se meu pai não morresse: eu poderia ir embora.

Começar de novo em outro lugar.

Quando o telefone tocou, me assustei tanto que derramei o cereal todo em mim. Levantei-me, meio zonza, peguei uma toalha. Eu me enxuguei o melhor que pude, suspirei vendo o estado do meu cobertor, olhei para o relógio. Era quase meia-noite, tarde demais para telefonemas amigáveis.

O medo passou por mim quando ergui o fone.

— Alô?

Um toque.

— Alô? — Tentei de novo.

— *Babajoon, toh ee?*

Minha frequência cardíaca já irregular disparou. *Babajoon* era um termo carinhoso — significava, literalmente, "querida do pai" — e ouvir aquilo sem aviso, ouvir inesperadamente na voz terna do meu pai...

Eu perdi a compostura.

Respirei fundo e forcei um sorriso no rosto.

— *Salam, Baba* — respondi. — *Khoobeen shoma?*

Tão formal. Eu sempre usava pronomes e conjugações formais com meu pai, até mesmo para dizer "O senhor está bem?".

— *Alhamdullilah. Alhamdullilah.*

Ele não disse sim. Ele não disse que estava bem. Ele disse "Graças a Deus, graças a Deus", o que podia significar várias coisas.

— O que você está fazendo acordada tão tarde? — perguntou em farsi. — Você não tem aula amanhã? Não me lembro que dia é hoje.

Eu segurei firme enquanto meu coração sofria uma fina fratura.

Há quanto tempo ele estava no hospital, drogado e dissecado, a ponto de não conseguir se lembrar que dia era?

— Sim — respondi. — Tenho aula amanhã. Só não consegui dormir.

Ele riu. A fratura se aprofundou.

— Nem eu — ele disse suavemente. Suspirou. — Eu sinto tanta saudade de vocês.

Apertei o telefone com força.

— *Maman* disse que o senhor voltará para casa amanhã. Ela disse que o senhor está melhor.

Ele ficou quieto.

— *Mamanet khabeedeh?* "Sua mãe está dormindo?"

— Está — respondi, meus olhos queimando, ameaçando. — Por quê? O que há de errado?

— *Hichi, azizam. Hichi.* "Nada, meu amor. Nada."

Ele estava mentindo.

— *Baba?* — Eu estava segurando o telefone com as duas mãos agora. — Você vai voltar para casa amanhã?

— Não sei — disse ele em inglês. — Não sei.

— Mas…

— *Babajoonam*, você poderia acordar sua mãe para mim? — voltou a falar farsi.

— Sim — falei rapidamente. — Sim, claro. Eu vou…

— É tão bom ouvir sua voz — disse ele, soando de repente tão distante. Cansado. — Faz tempo que eu não vejo você. Tem estado ocupada? Como está Zahra?

INTENSA

Meus olhos estavam se enchendo de lágrimas, meu coração traidor partido em dois. Meu pai estava morrendo. Meu pai estava morrendo e eu não tinha ido visitá-lo, não queria falar com ele, tinha ficado feliz em planejar seu funeral. De repente me odiei com uma violência que não consegui articular, com uma paixão que quase me tirou o fôlego.

— Sim — respondi, trêmula. — Zahra está bem. Ela...

— *Khaylee dooset daram, Shadi joon. Midooni? Khaylee ziad. Mikhastam faghat bedooni.* "Amo você, querida Shadi. Você sabe disso? Muitíssimo. Eu só queria que você soubesse."

Lágrimas escorreram pelo meu rosto e segurei o telefone contra o peito, engasgando com um soluço repentino, pressionando o punho contra a boca.

Meu pai não falava assim. Ele nunca tinha falado assim.

Eu nunca tinha duvidado de que ele me amava, mas ele nunca dissera isso em voz alta. Nunca, nem uma vez em toda a minha vida.

— Shadi? *Rafti?* "Você saiu?"

Ouvi sua voz, baixa e estática, o telefone abafado contra minha blusa. Levei o telefone de volta ao meu ouvido, respirei uma e outra vez.

— Eu também te amo, *Baba.*

— *Geryeh nakon, azizam. Geryeh nakon.* "Não chore, meu amor. Não chore." Tudo ficará bem.

— Eu vou chamar a *Maman* — falei, com os olhos marejados, as mãos tremendo. Não confiava mais em mim mesma, não entendia mais meu coração instável. — Volto já.

DEZOITO

AO AMANHECER, ARROMBEI A porta da minha mãe.
Não tinha conseguido voltar a dormir. Eu tinha subido as escadas correndo com o telefone sem fio, acordado minha mãe o mais suavemente possível e, depois de colocar o telefone na mão dela, saí na ponta dos pés para esperar. Fiquei parada nas sombras, prendi a respiração. Eu estava esperando que ela despertasse, ansiosa por notícias sobre meu pai.

Ela não despertou.

Em vez disso, minha mãe ficou chorando por horas, os sons baixos e abafados não podiam ser mais facilmente ignorados do que um grito cortante. Eu me senti perto de vomitar quando me sentei no corredor do lado de fora de seu quarto, sentada no escuro como uma aranha morta, com os braços em torno das pernas cruzadas e dobradas na altura dos joelhos. Abracei meu corpo trêmulo, fiquei esperando enquanto tremia, tremendo enquanto esperava, esperei que parasse, que ela parasse de chorar, que voltasse para a cama. Esperei tanto tempo que ouvi o gemido de uma dobradiça, um fechamento suave. Senti Shayda se mover pelo corredor, senti seu calor quando ela se sentou ao meu lado. Nossos ombros tocando. Ela não vacilou.

Nós não nos falamos.

Bati na porta da minha mãe uma centena de vezes, chacoalhei a maçaneta, mas nenhuma resposta. Depois, me levantei de novo e bati com força, gritando para ela abrir a porta. Apenas uma vez, ela respondeu fracamente.

— Por favor, *azizam* — disse ela. — Eu só quero ficar sozinha.

O sol estava surgindo no horizonte, estilhaçando o mundo com seus traços cegantes, pintando as paredes brancas da nossa casa com uma beleza terrível e mórbida.

Eu saí.

Desci as escadas correndo, ignorando o tom cortante e implacável das perguntas de Shayda. Bati a porta que dava para a garagem, vasculhei a caixa de ferramentas do meu pai, peguei um martelo e subi as escadas, reconhecendo a minha loucura apenas no rosto horrorizado de Shayda. Eu não me importei. Não aguentava mais, não agora que eu sabia, não agora que eu sabia o que minha mãe estava fazendo, por que ela estava se escondendo.

Eu não podia simplesmente ficar ali e deixar aquilo acontecer.

Shayda olhou para mim como se eu estivesse maluca, tentou tirar o martelo da minha mão. Ela insistiu que nossa mãe tinha direito à sua privacidade.

— Ela está chateada — Shayda disse, mais gentilmente do que de costume. — Ela tinha muitas esperanças em relação a *Baba*. Ela vai ficar bem de manhã.

— Shayda — falei, flexionando meus dedos ao redor do cabo. — Já é de manhã.

— Mas isso está errado. Mamãe tem o direito de ficar sozinha. Às vezes é bom chorar… Talvez isso a faça se sentir melhor.

Eu a encarei.

— Você não entende.

— Shadi, pare…

— Volte para a cama — gritei para minha irmã mais velha.

Seus olhos se arregalaram.

— Meu Deus. Você realmente enlouqueceu.

Eu bati o martelo.

Shayda gritou. Bati de novo, mais três vezes, quebrei a maçaneta barata de metal e estilhacei a madeira fina. Chutei a porta e a pressionei com meu ombro.

Joguei a ferramenta no carpete, encontrei minha mãe no banheiro.

Ela estava de robe, sentada no azulejo frio, as pernas nuas esticadas na frente do corpo. Olhava para o chão como uma boneca quebrada, com o pescoço mole, um alicate aberto em uma mão.

Vi as marcas em suas canelas, os cortes que marcavam a pele, mas que ainda não estavam abertos. Ela não estava sangrando.

— *Maman* — respirei.

Quando olhou para cima, ela não parecia mais velha do que eu. Apavorada, envergonhada. Sozinha. Lágrimas mancharam suas bochechas, suas roupas.

— Eu não consegui — disse ela em farsi, com a voz embargada. — Eu não consegui. Eu não consegui.

Caí de joelhos na frente dela. Peguei sua mão.

Arranquei o alicate de seus dedos e joguei-o de lado.

— Eu ficava pensando em você e na sua irmã — explicou, lágrimas escorrendo rapidamente por seu rosto. — Eu não consegui.

Eu a levantei, apoiei sua cabeça contra meu peito enquanto ela se despedaçava em meus braços. Seus gritos eram desesperados, ásperos, soluços angustiantes. Ela se agarrou a mim como uma criança, chorou como um bebê.

— Vai ficar tudo bem — sussurrei. — Você vai ficar bem.

Senti, mas não ouvi, um movimento silencioso. Eu virei a cabeça com cuidado, devagar para que minha mãe não percebesse. Shayda estava parada na porta quebrada, olhando para a cena em um estado de descrença paralisante. Eu senti um amor verdadeiro por ela naquele momento, sentimos nossas almas se soldarem juntas, como se nossas vidas fossem unidas para sempre por uma dor semelhante.

Nós nos olhamos.

Ela cobriu a boca com as mãos e balançou a cabeça. Ela se foi antes que suas lágrimas fizessem barulho.

Minha mãe foi trabalhar uma hora depois. Shayda e eu fomos para as nossas respectivas escolas. Para todo o mundo, éramos os típicos e incompreensíveis muçulmanos, caricatos. Articulávamos nossos membros, movíamos nossos lábios para fazer sons, sorríamos para os clientes, dizíamos olá aos professores.

O mundo continuava a girar, levando consigo minha mente.

Senti um verdadeiro delírio enquanto me movia, uma exaustão diferente de tudo que já havia experimentado. Não conseguia nem imaginar como ainda estava de pé; senti como se estivesse ouvindo tudo de longe, como se meu corpo não fosse meu. Minha mente ficou lenta e meus olhos, embaçados. Eu precisava encontrar uma maneira de me focar, de lembrar como prestar atenção. Eu não tinha conseguido, mais uma vez, concluir o dever de casa a ser entregue naquele dia, e senti vergonha ao observar outros alunos entregando suas redações e planilhas, levantando as mãos para responder às perguntas de forma clara e eloquente. Aquele mês pareceu repentinamente mais crítico do que os outros, e eu estava me afogando, me afogando bem quando eu precisava, desesperadamente, manter minha cabeça acima da superfície da água.

Enquanto meu pai continuasse vivo, eu planejava ir para a faculdade. Eu não queria ficar ali, passar dois anos na faculdade comunitária e, depois, pedir transferência. Eu queria ir embora assim que possível. Queria ir embora e talvez nunca, nunca mais voltar. Queria entrar em uma boa universidade.

Quase gritei com o som de um tiro. Sentei-me de repente, sem fôlego, o coração disparado no peito. Ouvi uma gargalhada, olhei para cima, olhei em volta, percebi que tinha adormecido. Meu assento ficava no canto direito daquela classe, mas estava na primeira fileira, e meu professor de Química avançada, sr. Mathis, estava em pé na frente da minha mesa agora, braços cruzados, balançando a cabeça. A seus pés, estava um enorme livro — um livro, percebi, que ele deixara cair de propósito.

Foi uma piada cruel.

Senti meu rosto enrubescer, o calor sacudindo meu corpo. Os colegas ainda estavam rindo. Ajustei-me na cadeira, mantive meus olhos na mesa. Queria virar minha pele do avesso.

— Desculpe-me — pedi baixinho.

— Você quer ficar fora até tarde? Isso não é problema meu — sr. Mathis disse bruscamente. — Durma em casa. Não na minha aula.

— É claro. Eu sinto muito.

Ele me lançou um olhar sombrio. Prosseguiu com a aula. Passei o resto do período olhando para o livro aos meus pés, sentindo como se todo o sangue tivesse sido drenado do meu corpo e acumulado no chão.

Meu pai não voltaria para casa naquele dia.

Ele não estava morrendo ainda, mas também não viria para casa, e isso foi tudo que realmente entendi naquele momento. Minha mãe não tinha falado muito, não tinha explicado mais do que era absolutamente necessário, e recusou categoricamente minha sugestão de ela se juntar a um grupo de apoio para pais enlutados. Ela engasgou de forma audível quando propus que procurasse um terapeuta. Ela parecia tão indignada que entrei em pânico; pensei por um momento que ela nunca mais fosse falar comigo. Mas, então, ela comeu os ovos que eu tinha feito para o café da manhã.

Algo mudou entre nós naquela manhã, e eu ainda não sabia o que era, ainda não tinha descoberto como definir. Mas eu podia dizer, apenas olhando em seus olhos, que minha mãe havia se aberto um pouco. Ela parecia aliviada — aliviada, talvez, por não estar mais vivendo com um segredo tão esmagador.

— Eu vou ficar bem — ela ficava dizendo. — Eu vou ficar bem.

Eu não acreditei nela.

Passei meu almoço dormindo sobre uma mesa na biblioteca, cabeça curvada sobre meus braços cruzados. Senti como se tivesse acabado de fechar os olhos quando alguém cutucou meu ombro, sacudindo meu esqueleto de volta à vida. Acordei de repente, meus nervos à flor da pele em um instante.

Quando olhei para cima, vi um borrão. Olhos. Boca.

— Noah.

— Ei — ele disse, mas estava mal-humorado. — Você está bem? O sinal acabou de tocar.

— Ah. — Tentei ficar de pé, mas a ação se mostrou mais difícil de se realizar do que eu esperava. — O que... O que você está fazendo aqui?

— Devíamos almoçar juntos, lembra? — Ele sorriu de repente. — Trouxe jornal e tudo. Mas sua amiga Yumiko me disse que você a abandonou para vir para a biblioteca.

Fiz uma careta. Vagamente, lembrei-me de cruzar com ela e de dizer que estaria na biblioteca no almoço. A conversa parecia ter acontecido há muito tempo.

— Você trouxe um jornal?

Noah abriu um sorriso mais largo.

— Sim.

Eu ri, recolhi minhas coisas em transe e caminhei com uma lentidão pronunciada. Eu queria dizer que era *muito legal* da parte dele, mas parecia tão trabalhoso fazer isso.

— Ei, o que há de errado? Está se sentindo mal? — Ouvi a voz dele como se viesse das estrelas.

Balancei a cabeça, o pequeno movimento me desorientando. Tentei dizer que *só estava cansada*, mas não sei se cheguei a dizer. Meus pés se moviam ainda mais estupidamente do que minha mente e, de repente, tropecei nos próprios sapatos, caí contra uma mesa, a quina afiada batendo na minha barriga. Eu engasguei enquanto tentava me estabilizar, recuperar o fôlego.

Olhei para cima, olhei para a saída, me perguntei por que o fim sempre parecia tão distante.

Alguém me tocou.

Virei minha cabeça como se fosse de vidro, sons estilhaçando contra meu rosto. Noah. Noah estava ali, sua mão no meu braço, com a cabeça inclinada em direção ao meu rosto.

— Shadi — disse ele —, você está bem?

E ouvi sua voz como imaginava o som — lento e alto, reverberando.

Eu vi em cores, *flashes*.

— Você está bem? — ele repetiu. — Precisa ir para a enfermaria? Ou ir para casa?

Eu senti quando caí.

Ouvi alguém gritar, senti algo macio — braços quentes, uma aterrissagem suave —, um suspiro, um tapete áspero sob meu rosto, meus olhos se fechando. Ouvi um barulho, tantos barulhos, altos e fortes, trêmulos. Tentei abrir meus olhos. Eles se recusaram.

Meus lábios, por outro lado, concordaram.

— Por favor — minha boca se moveu contra o tapete, meu nariz se enchendo de poeira.

Senti tudo se mexer, senti meu corpo rodar.

Alguém estava falando comigo. Mãos nas minhas costas.

— Por favor — sussurrei. — Não deixem ninguém ligar para minha mãe. Ela não está... Ela... *Por favor* — pedi, sentindo-me à deriva.

Eu não sabia se estava sonhando.

Não deixem ninguém ligar para minha mãe, tentei dizer. Tentei gritar. *Por favor...*

INTENSA

DEZENOVE

Zahra tinha mudado a decoração de seu quarto.

Eu olhei primeiro para o teto dela, a pintura lisinha e branca, sem teias de aranha. Virei minha cabeça um único micrômetro naquele túmulo de travesseiros e vi sua nova escrivaninha, sobre a qual ficava seu novo computador, uma pilha de maquiagem, livros, um pequeno espelho. Vi uma nova luminária — ainda acesa — em um canto. Vi o mesmo cesto de roupa suja, os mesmos seis ganchos na parede, nos quais ficava pendurada uma dúzia de bolsas. Um único tênis estava aparecendo pela porta do armário, em cuja maçaneta estava pendurado um amuleto contra mau-olhado.

Eu tinha cometido um grande erro.

Tentei, mas não conseguia mexer os braços, ainda não. Senti-me pesada, como que esquecida sob o concreto. Rasguei minha boca, molhei meus lábios, lembrei que tinha dentes. Eu não sabia há quanto tempo tinha dormido, mas um único olhar pela janela escura de Zahra foi suficiente para despertar o meu medo. Sentei-me ereta e me arrependi, senti minha cabeça rachar de dor.

Eu me levantei e senti um arranhão conhecido contra as minhas costelas. Levantei minha blusa para pegar o jornal preso na minha cintura e prontamente joguei-o no lixo. A visão do jornal inspirou em mim um lampejo de memória.

Noah.

Eu lembrava vagamente de estar sentada na enfermaria. Lembrei vagamente que Noah tinha ido comigo, que ele meio que tinha me carregado até lá. *Ele trouxera um jornal.* O pensamento quase me fez sorrir. Era uma coisa boa em meio a todo aquele caos, pensar que eu, de alguma forma, tinha conseguido fazer um novo amigo, que o resto do ano escolar poderia ser um pouco menos solitário. Mas, então, lembrei--me do som da minha própria voz implorando, implorando mesmo quando me sentei em uma cadeira de madeira dura com meus olhos fechados, para poupar minha mãe do telefonema.

Eu não tinha pensado bem sobre aquilo.

Por favor, não liguem para a minha mãe era tudo que eu repetia, meu único funcionamento celular no cérebro gritando uma única diretiva.

Eu não tinha pensado para quem eles poderiam ligar.

Meu pai estava no hospital. Shayda não estava entre os meus contatos de emergência. Mas eu ainda me lembrava do formulário que o pai de Zahra tivera de preencher no dia em que viera me buscar, apenas três meses antes.

Os pais de Zahra estavam no meu arquivo.

Fiquei imóvel no quarto da minha ex-melhor amiga e olhei para mim mesma em seu espelho, o espelho acima de sua cômoda, o que ela tinha desde que eu a conhecera. Eu vi a minha aparência estranha e fantasmagórica, o lenço de seda cor-de-rosa amarrado frouxamente no pescoço, meio caído da cabeça. Meu cabelo escuro estava se soltando, minha pele, em geral pálida, agora rosada com o calor, com o resplendor de um sono restaurador. Meus olhos estavam de um verde estranho e brilhante de uma pessoa drogada.

Eu parecia lenta, macia, recém-cozida.

Era assim que eu me sentia também.

Zahra devia saber que eu estava ali. Zahra — que tinha me acusado de ser uma oportunista calculista, que me alertara para ficar bem longe de sua família — devia saber que eu estava dormindo em sua cama linda e macia, e ela com certeza me odiava, me odiava por isso, por forçá-la a ser boazinha, sem dúvida a pedido de seus pais. O pensamento me deixou doente, de repente. Eu não sabia se era mesmo possível escapar da vergonha daquela cena. Achei que fosse me engolir.

Olhei para o relógio na parede e me senti reconfortada, por um momento, por saber que Zahra estava em aula na faculdade comunitária naquele horário. Era uma quarta-feira à noite, a noite em que eu também devia estar na faculdade comunitária. Era a terceira vez que tinha perdido a aula de cálculo multivariado, o que significava que, mesmo com pontuações perfeitas, minha melhor nota possível seria um C.

A compreensão me atingiu como um golpe.

Eu nunca tinha tirado um C em nada antes. Pior ainda, aquele C era dependente de um trabalho impecável em todas as outras provas. Mas eu tinha faltado três dias; eu já tinha perdido o dever de casa, teria dificuldade para recuperar os estudos. Eu provavelmente terminaria com um D e seria reprovada. Eu teria que refazer a disciplina. Nem sabia se eles me deixariam refazer.

Encarei uma única coisa enquanto meu coração disparava: um ursinho de pelúcia rosa felpudo, empoleirado em uma poltrona ao lado da cama de Zahra. Eu olhei para os seus grandes olhos de vidro, para o minúsculo coração vermelho costurado em sua barriga branca. Eu não tinha nenhum bichinho de pelúcia. Meu pai tinha conseguido se livrar dos meus quando eu tinha 12 anos; ele levou meus brinquedos para a caridade enquanto eu estava na escola. Quando chorei, ele disse que era hora de crescer.

Zahra tinha tudo com que eu sempre sonhara: o amor necessário e a estabilidade para sobreviver a esta vida com leveza, e o apoio dos pais para ser a aluna zelosa e promissora que eu tentava ser e não conseguia.

Minha respiração ficou irregular. Apertei minhas mãos trêmulas.

Eu tinha mais uma hora antes do final da aula de Zahra, e pensei que conseguiria escapar antes disso, encontrar um lugar para matar tempo até que eu pudesse andar para casa no meu horário normal, fingir que tudo estava como deveria ser.

Entrei no banheiro contíguo, desculpando-me com o fantasma de Zahra por pegar emprestada sua pasta de dente, escovei meus dentes, enxaguei minha boca. Joguei água fria no rosto, mas minhas bochechas não esfriavam. Eu parecia superaquecida ao extremo, meus lábios mais brilhantes, mais vermelhos do que o normal, tudo quente ao toque.

Estremeci de repente.

Ajeitei meu lenço, tentei conter uma mecha de cabelo escorregadia, mas perdi alguns dos grampos que estavam segurando o cabelo no lugar, e fios escuros continuavam se soltando. Olhei, em dúvida, para alguns dos grampos de cabelo de Zahra, e tentei decidir se seria realmente repreensível pegar alguns sem a permissão dela. Eu os peguei. Pesei-os nas minhas mãos. Tínhamos uma história tão longa que não pensei que ela me repreenderia por algo tão pequeno.

Mas então me lembrei, com uma sensação de desânimo, que ela não estava disposta a me oferecer nem mesmo uma carona na chuva. Estávamos indo para o mesmo destino — ela, em um carro quente e seco; eu, apanhada num dilúvio sem guarda-chuva.

Larguei os grampos de volta no balcão.

Quando me virei, colidi com uma parede de calor. Eu sabia, eu sabia, eu sabia que ele poderia estar ali, mas eu não me permiti pensar sobre isso, não consegui me obrigar a processar a possibilidade de tanta humilhação. Não era assim que eu queria ver Ali novamente. Não assim, não presa dentro do quarto da irmã dele depois de um desmaio delirante, salva por seus pais porque eu não tinha ninguém para quem ligar. Eu sabia como eu me apresentava, como sua família devia me ver, com pena, com pena e caridade, uma tristeza dolorida em seus olhos que me partiam pela metade.

Não era aquilo que eu queria.

Meu coração bateu perigosamente quando o vi. Ele não devia estar ali. Tinha quebrado uma regra básica entrando no quarto de sua irmã enquanto eu dormia. Eu era uma convidada na casa dele, uma convidada que não tinha dado a permissão para ele entrar, e nós dois sabíamos disso. Eu não precisava dizer. Podia ver, pelo olhar assustado em seu rosto, que ele sabia que tinha se arriscado, que podia terminar em desastre.

— Ei — ele disse.

Ele inspirou fundo e exalou.

Ele tinha os olhos mais escuros. Cílios grossos e também escuros. Havia uma profundidade em seu olhar, uma estrela cadente no fundo, que me tentava a espiar lá dentro, a me perder lá dentro, e, se não lá, aqui mesmo, nas elegantes linhas de seu rosto, no desenho nítido de sua mandíbula, em sua pele morena e macia. Havia tanto para apreciar, tanto para os olhos desfrutarem.

Mas eu, eu não conseguia parar de olhar para a boca dele.

— Oi — sussurrei.

— Oi — devolveu.

— Você realmente não deveria estar aqui.

— Eu sei. Desculpa. Eu só...

Ele se interrompeu. Não prosseguiu.

Balancei a cabeça sem motivo. Olhei para os meus pés com meias, perguntei-me quem tinha tirado os meus sapatos.

— Liguei para você — falou calmamente. — Ontem à noite.

Ele riu, então. Suspirou. Virou-se.

— Perdi meu telefone.

Ele olhou para cima.

— Ah.

Quando eu não disse nada, ele exalou, passou a mão pelo cabelo. Era um tique nervoso, algo que ele fazia muito. Eu o observara fazer isso por anos e estava observando de novo agora. Muitas vezes tinha me perguntado como seria tocá-lo assim. Seu cabelo parecia tão macio.

— Shadi — ele disse. — O que está acontecendo?

Arrastei meus olhos de volta para o seu rosto.

— O que você quer dizer?

Ele congelou com isso, congelou com algo parecido com raiva.

— Como assim *o que eu quero dizer*? Você desmaiou na escola.

— Certo... Sim. Sim — eu disse.

Meu coração disparou de repente.

— Shadi.

Encontrei seus olhos. Vi o esforço que ele estava fazendo para respirar, podia ver seu peito se movendo, mesmo fora de foco. Ele lutava para conter a frustração.

— O que aconteceu? A escola disse aos meus pais que você implorou para que não ligassem para sua mãe. Isso é verdade?

— Sim — sussurrei.

— Por quê?

Balancei a cabeça, desviei o olhar, mordi o lábio com muita força. Eu estava desesperada para desabafar, desesperada para não dizer nada. Não sabia o que fazer; só sabia do que meus pais gostariam que eu fizesse, que era proteger seus segredos, proteger sua dor do conhecimento público.

Então, eu não disse nada. Encarei seu peito e não disse nada.

— Você dormiu aqui nas últimas quatro horas — disse ele baixinho. — E ninguém sabe o que está acontecendo.

— Sinto muito. Vou para casa. Eu estava indo embora antes de você...

— Pare — disse ele com raiva. — *Pare*. Apenas pare, tá? Estou tentando deixar isso passar, estou tentando não pressionar você exigindo uma explicação, mas não aguento mais. Não consigo. Você tem que me dizer o que está acontecendo, Shadi, porque você está começando a me assustar pra valer. Toda vez que a vejo, você está chorando ou machucada ou completamente fora de si, e eu...

— Eu nunca fiquei fora de mim.

Suas sobrancelhas se ergueram.

— Você correu para o meio de um acidente de carro! Tentou tirar uma pessoa de um veículo acidentado!

— Ah. — Eu tinha me esquecido disso.

— Sim. Você esqueceu? — Ele sorriu, mas seus olhos estavam furiosos. — Você também se esqueceu de quando quase rachou o crânio? É por isso que nunca mais falou disso? Você recebeu aquela ligação sobre a sua mãe no hospital, e nem pedi para você explicar, mas pensei que, talvez, considerando o fato de que eu tive que levar quatro pontos no braço depois de impedir que sua cabeça despencasse sobre o concreto...

— Você teve que levar pontos? Eu não...

— Sim, eu tive que levar pontos, e menti por você, menti para os meus pais, disse a eles que eu tinha cortado meu braço jogando futebol, porque pensei que você não fosse querer que as pessoas soubessem o que estava acontecendo, mas pensei que você poderia pelo menos me dizer por que sua mãe estava no hospital e por que você desmaiou, mas você nunca diz nada, e ainda assim deixei passar, convenci a mim mesmo que não era da minha conta. E, então, no dia seguinte, depois de fingir ser uma paramédica...

— Ali, sinto muito, sinto muito pelo seu braço...

— Você me diz que está tudo ótimo, que sua mãe está esperando por você em casa, e eu sabia que você estava mentindo... Eu sabia. Podia ver, estava escrito no seu rosto, mas me convenci a deixar pra lá, pra não me intrometer...

— Ali. *Por favor.*

— E, então — disse ele, respirando com dificuldade, passando as mãos no rosto. — E, então, Jesus, e então... Ontem à noite. Na porra da noite passada, Shadi.

— Ali...

— Pare de dizer meu nome assim. Não...

— *Ali...*

— Você está me matando — disse ele com a voz embargada. — O que é que está acontecendo? O que você está fazendo comigo? Eu costumava ter uma vida, eu juro, até três dias atrás eu tinha uma vida boa, Shadi, segui em frente, finalmente, mesmo depois de você ter arrancado meu coração da porra do meu peito e agora, agora eu estou... Eu não sei como estou.

— Eu sinto muito.

— Pare — ele disse desesperadamente. — Pare de pedir desculpas. Pare de me olhar assim. Eu não aguento, tá? Eu não consigo...

— Ali, deixe-me dizer só uma coisa... Eu só quero...

As palavras morreram na minha garganta.

Ele se afastou sem aviso, sentou-se pesadamente na cama de Zahra.

— Por favor — pediu, gesticulando para mim. — De uma vez por todas, diga algo. Pelo amor de Deus, diga algo.

Eu o encarei, perdendo a coragem. Palavras presas no meu peito, dentro da minha boca. Minhas desculpas desapareceram, os acontecimentos do dia momentaneamente esquecidos. Eu estudei a tensão em seus ombros; vi o tremor em seus dedos antes de ele fechar os punhos.

Olhei em seus olhos escuros e pensei apenas uma coisa.

— Eu sinto muito.

— Jesus. — Ele baixou a cabeça entre as mãos. — Por que você continua se desculpando?

— Porque — expliquei. — Porque nunca me desculpei.

A cabeça de Ali se ergueu lentamente, sua coluna se endireitou lentamente. Ele se desenrolou diante dos meus olhos, virando-se para mim de um modo não muito diferente de um florescer em busca do sol.

— Eu nunca quis magoar você — sussurrei. — Eu sinto muito por tê-lo magoado.

Ele ficou mortalmente imóvel.

Olhou para mim agora com um terror estranho, me encarou como se eu estivesse prestes a matá-lo.

— Do que você está falando?

— Nós — expliquei. — Você.

Eu balancei minha cabeça, quase chorando.

— Achei que estivesse fazendo a coisa certa. Eu preciso que você saiba que eu achei que estivesse fazendo a coisa certa. Mas me arrependi no momento em que falei. E tenho estado arrependida todos os dias desde então.

Ali se levantou.

Ele se tornou maior do que a própria vida, alto, impressionante e real, e caminhou até mim, agora estava parado bem na minha frente, e dei um passo para trás, senti meus ombros abrirem a porta do banheiro de Zahra.

Ali estava respirando com dificuldade.

— O que você quer dizer?

Eu olhei para ele, senti meu mundo desabar.

Estávamos agora no banheiro de Zahra — *estávamos no banheiro de Zahra* — e não havia espaço suficiente entre nossos corpos para levantar um dedo. Minha cabeça estava se enchendo de vapor, meus pensamentos evaporando.

— Ali, eu não... Você está perto demais. Eu não consigo falar com você quando está assim perto de mim. Eu nem consigo respirar quando vo...

Engasguei quando ele se inclinou e pressionou a testa na minha.

Suas mãos estavam na minha cintura agora, me puxando, e eu afundei contra seu corpo com um som, uma espécie de rendição.

Ele não disse nada pelo que pareceu uma eternidade.

Ouvi nossos corações dispararem, senti minha pele esquentar. Eu me senti desesperada por algo que não conseguiria articular, por uma necessidade que não conseguiria sondar. Estávamos tão perto e ainda a anos-luz de onde eu queria estar.

Ali fechou os olhos.

Minhas mãos estavam em seu peito. Elas pousaram ali, e não as tirei, adorei aquela sensação, seu calor, o batimento cardíaco correndo em minhas mãos, que provava que ele era real, que aquele momento era real. Lentamente, arrastei minhas mãos em seu peito, pelas linhas firmes de seu torso. Ouvi sua respiração acentuada, senti um tremor passar por ele, por mim.

Nós dois ficamos repentinamente imóveis.

Eu estava olhando para sua garganta, a linha suave de seu pescoço, a sugestão de sua clavícula. Eu o observei engolir. Suas mãos apertaram em torno da minha cintura.

Eu olhei para cima.

Ele não disse nada além do meu nome antes de me beijar.

Era puro calor, um sol escaldante, um prazer tão potente que parecia mais perto da dor. Eu não sabia como, mas minhas costas estavam de repente contra uma parede, meus ossos tremendo sob o peso dele, seu corpo pressionado com tanta força contra o meu que pensei que poderia deixar uma impressão. Ele me tocou desesperadamente, arrastou as mãos pelo meu corpo, segurou meu rosto enquanto me desvendava. Seus lábios eram tão macios contra os meus, contra as minhas bochechas, a pele macia abaixo da minha mandíbula. Eu tentei me segurar no lugar, erguendo-me na ponta dos pés, entrelaçando meus braços em volta do seu pescoço, mas ele congelou, de repente, quando meu corpo se moveu contra o dele, nossas bordas irregulares colidindo como um encontro de placas tectônicas. Ele se acalmou e pareceu parar de respirar, nossos corpos se fundindo.

Timidamente, passei meus dedos por seu cabelo. Ele se deixou descongelar gradualmente, seus olhos se fechando, sua respiração irregular enquanto eu deslizava minhas mãos pela sua cabeça, arrastando meus dedos em seu pescoço, pressionado mais perto. Suavemente, beijei sua garganta, saboreando sal e calor repetidamente até que ele emitiu um som, algo desesperado, algo que disparou prazer através do meu corpo, mesmo quando ele se afastou, deu um passo para trás. Ele deixou cair o rosto em suas mãos trêmulas, depois as abandonou nas laterais do corpo. Ele olhou nos meus olhos com uma profunda emoção que quase me dividiu ao meio.

Senti que poderia afundar no chão. Duas batidas fortes na porta de Zahra e me endireitei, nós dois ficamos paralisados. O mundo real tinha voltado ao foco com uma velocidade impressionante, e nem pensei, apenas passei por ele, encostei a porta do banheiro atrás de mim, fechando-o lá dentro.

Tive que me encostar na parede para recuperar o fôlego, firmar minha cabeça. Meu coração estava batendo perigosamente no peito; fechei os olhos, me dei mais dois segundos para me recompor antes de me dirigir à porta do quarto, dando uma espiada no espelho ao passar por ele.

Eu congelei.

Horror, horror pelo estado do meu rosto, minha aparência em geral. Eu estava exageradamente corada, meus olhos dilatados com o prazer. Desejo.

Estava perdendo o controle. Perdendo a cabeça.

Tinha certeza agora de que, provavelmente, iria direto para o inferno por uma miríade de razões, sendo a menos importante o meu virulento desejo pela morte do meu pai, e agora aquele… Aquele…

Eu me virei, me dei conta de tudo.

Quarto da Zahra. Eu tinha beijado Ali no próprio quarto dela. Algum resquício do meu antigo senso de honra me compeliu agora a recuar com vergonha. Eu não estava orgulhosa de mim. Não queria que nada daquilo tivesse acontecido. Naquele momento, naquele lugar, eu tinha cruzado um limite, virado as costas para o fantasma da minha melhor amiga. Mesmo depois de todo aquele tempo, depois de toda a sua crueldade, me senti perfurada pela tristeza. Eu tinha desejado algo muito melhor para nós.

Mas, então… Sentindo o frio da culpa esfriando a minha pele febril, eu me cansei. Cansei daquela sensação, de dever a Zahra um dízimo da minha felicidade. Minha culpa foi temperada por uma percepção, uma consciência de que nada do que eu fazia nunca era suficiente para ela. Eu sabia disso agora. Tantas vezes eu sentia como se tivesse sido amarrada aos trilhos da nossa amizade, ao trem Zahra que repetidamente me atropelava, apenas para dizer depois que meu corpo é que tinha quebrado seus eixos.

Eu estava cansada daquilo.

Tinha vergonha de mim mesma por uma série de coisas ultimamente, mas os julgamentos injustos de Zahra não estavam mais entre elas. Eu nunca mais a deixaria manter meus sentimentos como reféns. Nunca mais a deixaria ditar os termos da minha vida.

Outra batida forte na porta e me assustei.

Mas me recompus.

Já era hora, percebi, de fechar o livro da nossa amizade.

VINTE

Q UASE ENGASGUEI QUANDO VI seu rosto.
Olhei nos olhos da mãe de Zahra e meu coração se estabilizou por conta própria, meus medos desapareceram, meu rosto floresceu com um sorriso familiar. Eu tinha sentido falta dela, tinha sentido falta de seu rosto. Repentinamente, uma dor fria perfurou meu corpo.

Fereshteh *khanoom*, como a chamava.

Khanoom significa senhora; é um termo afetuoso, respeitoso. Mas o nome dela, Fereshteh, significa anjo.

— *Bidari, khoshgelam?* — ela sorriu. "Você está acordada, minha linda?"

Ela abriu os braços para mim e entrei em seu abraço prolongado. Ela estava com o mesmo cheiro, de água de rosas.

Eu me afastei, sentindo-me repentinamente como uma criança.

— *Chetori?* — ela disse. — Como você está? *Khoob khabeedi?* "Dormiu bem?"

— Sim, obrigada — agradeci calmamente. — Obrigada por tudo.

Ela sorriu.

— *Asslan harfesham nazan* — disse ela, dispensando minha declaração com um movimento de seus dedos.

Ela ainda estava usando seu *hijab* e parecia perceber isso enquanto ela falava. Em um único movimento, ela o deslizou de sua cabeça, explicando com uma risada que ela havia chegado em casa do trabalho não havia muito tempo e que tinha se esquecido de tirá-lo.

Ela chegou tarde em casa, percebi. Provavelmente tinha ficado mais tarde do que o normal no escritório, sem dúvida para compensar o tempo que tinha perdido no meio do dia.

Meu sorriso de repente empalideceu.

— *Bea bereem paeen* — disse ela, sem perder o ritmo. — *Ghaza hazereh.* "Vamos descer. A comida está pronta".

— Ah, não — falei, em pânico. — Eu não posso... Eu preciso ir para casa.

Ela riu de mim. Riu, me pegou pelo braço e literalmente me arrastou escada abaixo. Meu coração estava batendo forte, meu medo aumentando.

— Por favor, Fereshteh *khanoom. Lotf dareen, shoma.* "A senhora é muito gentil." — Em farsi, eu disse: — Mas juro por Deus que não estou apenas tentando ser educada. A senhora me constrange com a sua gentileza.

Eu estava recorrendo, de propósito, a algumas expressões antigas e efusivas. Os pais iranianos sempre pareciam ficar encantados quando alguém falava assim, quando se esforçava para ser formal e educado. Eles achavam meu farsi ruim estranhamente charmoso, especialmente com meu sotaque americano.

Eu tinha feito bonito. Fereshteh *khanoom* iluminou-se como uma árvore de Natal, seus olhos brilhando quando descemos as escadas e entramos na sala de jantar.

Ela se virou para mim e beliscou minha bochecha.

— *Vay, cheghad dokhtareh nazi hasteetoh.* "Nossa, que menina doce e querida você é."

Mas o plano virou-se contra mim.

— Dariush — disse ela, chamando o marido. — *Bodo biyah.* Shadi *bidareh.* "Venha rápido. Shadi está acordada."

Agha — senhor — Dariush, como eu o chamava, correu para a sala, sorrindo e dizendo olá com um nível de animação e entusiasmo que me deixou dolorosamente envergonhada. Eu me senti corada com alegria e horror, sem saber o que fazer comigo mesma. A gentileza deles era demais, uma compensação excessiva, mas eu realmente acreditei neles quando disseram que tinham sentido a minha falta. Senti aquilo como um dardo no meu coração.

— Obrigada. Obrigada. Mas preciso ir — tentei novamente. — Por favor, de verdade, estou muito grata, obrigada... Sinto muito por ter incomodado vocês, mas realmente, de verdade...

— *Khob, ghaza bokhoreem?* — O pai de Zahra me cortou com uma piscadela e um sorriso, batendo palmas. "Então, vamos comer?"

Meu coração afundou.

Ele franziu a testa e olhou ao redor.

— Fereshteh — disse ele —, Ali *kojast*? "Onde está Ali?"

Fereshteh *khanoom* estava na cozinha, tirando pratos de um armário. Ela nem olhou para cima quando começou a gritar seu nome.

— Ali — ela berrou. Então, em farsi: — A comida está esfriando!

— Fereshteh *khanoom* — pedi, tentando, uma última vez, sair de cena sem insultá-los. Era o auge da crueldade recusar a eles a chance de me alimentar — praticamente um pecado — e eu sabia disso. Eles sabiam disso. E não pretendiam fazer vistas grossas. — Por favor — eu disse. — Vocês já fizeram muito. Estou tão agradecida. *Mozahemetoon nemikham besham.* "Eu não quero ser um fardo."

— *Boro beshin, azizam* — disse ela, empurrando um prato nas minhas mãos. "Vá se sentar, meu amor." — Já liguei para sua mãe. Disse a ela que você jantaria aqui hoje.

Um medo violento me paralisou por um instante.

Ela tinha ligado para minha mãe. Claro que ela tinha ligado para minha mãe.

Meu sorriso escorregou e Fereshteh *khanoom* percebeu, meio segundo de fraqueza e ela entendeu, seus olhos se estreitando para o meu rosto.

— Eu não disse a ela o que aconteceu — esclareceu calmamente, ainda falando em farsi. — Mas, antes do final desta noite, você é quem vai *me* contar. Está entendendo?

Meu peito estava ofegante. Eu me senti tonta.

— Shadi. Olhe para mim.

INTENSA

Eu encontrei seus olhos. Ela deve ter visto algo no meu rosto naquele momento, porque o tom duro de sua expressão derreteu. Colocou a pilha de pratos sobre a mesa. Pegou minhas mãos nas dela.

— Não tenha medo — sussurrou. — Vai ficar tudo bem.

Calor, calor, subindo pelo meu peito, invadindo a minha garganta, chamuscando meus olhos.

Eu não disse nada. Fereshteh *khanoom* ainda estava segurando minhas mãos quando, de repente, ela virou a cabeça em direção à escada.

— Ali — ela gritou. — Pelo amor de sua mãe, desça! Sua comida está congelando.

O mesmo aconteceu com os meus membros.

VINTE E UM

Quando Zahra chegou, fiquei surpresa.
     Confusa.
     Ela congelou na porta quando me viu, seus olhos denunciando seu choque, depois seu desapontamento. Eu vi seu olhar para o relógio na sala. A troca de olhares com sua mãe.
     — *Bea beshin*, Zahra — disse a mãe dela calmamente. "Venha sentar-se."
     Foi quando entendi.
     Zahra sabia que eu estava aqui. Sabia e tinha saído para me evitar, havia estimado minha hora de partida incorretamente. O que não entendi foi por que ela não estava na aula, onde nós duas deveríamos estar — e, com a minha mente trabalhando desesperadamente para resolver o enigma, acabei achando uma solução.
     Uma memória.
     A lembrança era vaga, mas certa: um programa escolar desbotado, um borrão de prazos. Havia algum tipo de evento na escola naquele dia, algo a que os professores eram obrigados a comparecer. As aulas tinham sido canceladas já havia algum tempo. O professor tinha mencionado isso no primeiro dia de aula — ele nos disse para marcarmos a data, anotar em nossos calendários.
     Eu não conseguia acreditar.
     A ponta serrilhada da esperança estava pressionando meu esterno, ameaçadora, ameaçadora. Senti, de repente, como se não pudesse respirar. Esse tinha sido meu único golpe de sorte em meses.

Eu não iria reprovar naquela disciplina.

Lágrimas arderam em meus olhos assim que Zahra murmurou olá e tirou os sapatos. Fereshteh *khanoom* me lançou um olhar quando pisquei para afastar a emoção, e nem mesmo me incomodei de ela ter entendido mal. Derramei muitas lágrimas por Zahra; não havia falsidade naquilo. Tentei não olhar para ela enquanto ela largava a mochila ao lado da minha no sofá da sala, mas espiei de soslaio. Ela disse algo sobre ir ao banheiro e desapareceu na mesma hora, nunca olhando na minha direção.

Encarei meu prato, o calor subindo pelo meu rosto. Eu não era bem-vinda ali. Sabia que não era bem-vinda ali. Queria dizer tanta coisa a Zahra, que eu sabia e que nada daquilo tinha sido intencional. Que havia sido uma série horrível de acidentes, eu queria explicar a ela. Um erro atrás do outro.

Eu teria ido embora, eu queria ir embora, eles não me deixaram, eu queria gritar.

Fiquei sentada naquela mesa de jantar por quarenta minutos, respondendo a uma enxurrada de perguntas contra minha vontade, e eu não aguentaria muito mais. Teria sido difícil explicar o ataque de pânico da minha mãe, as muitas ambulâncias, os ataques do coração do meu pai — suas cirurgias, quase encontros com a morte, uma promessa não cumprida de voltar para casa — com apenas os pais de Zahra para julgar e analisar. Que Ali estivesse sentado à mesa o tempo todo, recusando-se a desviar o olhar de mim enquanto eu falava, era além do que eu poderia administrar. Eu não conseguiria abrir meu coração na frente da Zahra também.

Pior: eles não paravam de me interrogar.

Eu não queria contar a eles sobre todas as horas — o ano — que minha mãe tinha passado chorando. Não podia dizer-lhes que ela estava se autoflagelando. Nem o que o médico dissera, nem que eu tinha arrombado a porta dela naquela manhã. Não queria revelar seus segredos; eu sabia que ela nunca me perdoaria. Mas tive que compartilhar uma parte, de forma hesitante, com dificuldade, para esclarecer por que tinha desmaiado na escola naquele dia — e por que eu tinha implorado para a enfermeira não ligar para minha mãe. Ainda assim, eles acharam minhas respostas insuficientes.

"Mas por quê?", eles queriam saber. "Por quê? Por quê?"

— Sim, mas por quê? — *agha* Dariush perguntou.

— Ela teve uma noite difícil… Más notícias sobre o seu pai, a reação dela foi compreensível, especialmente depois de tudo, mas por que não ligar para ela? Ela ia querer saber, *azizam*. Ela não ia querer que você escondesse essas coisas dela.

Balancei minha cabeça, não disse nada.

Fereshteh *khanoom* pigarreou.

— Está certo. *Basseh* — ela disse. "Já basta." — *Chai bokhoreem?* "Devemos tomar chá?"

Ainda não havíamos respondido à sua pergunta quando Zahra chegou em casa. Ficamos em silêncio à mesa agora, todos olhando para os nossos pratos enquanto Zahra desapareceu no corredor. Nós ouvimos o distante som de água corrente enquanto ela lavava as mãos, protelando por um tempo. Eu sabia que ela teria que sair em algum momento, mas eu não tinha certeza de que queria estar aqui quando ela o fizesse. Eu não estava preparada para enfrentar Zahra, não assim, não na frente de toda a sua família.

Eu me levantei de repente.

— Por favor, aceitem as minhas desculpas. Estou tão agradecida. Vocês foram tão gentis. Mas eu tenho de ir.

— Você nem tocou na comida — Fereshteh *khanoom* choramingou. — Você tem de ficar, está definhando. Menor a cada vez que a vejo. — Ela se virou para o marido. — Não é verdade? Eu não gosto disso.

— É verdade — concordou *agha* Dariush, sorrindo para sua esposa. Ele se virou para mim. — Você deveria comer mais, Shadi *joon*. Só um pouco mais, ok, *azizam*? *Beshin*. "Sente-se."

Eu encarei meu prato cheio. Estava sem apetite.

— Por favor — pedi, minha voz praticamente um sussurro. — Perdoem-me. Lamento muito por incomodar e interromper o seu dia. Eu não posso dizer o quanto sou grata pelo que fizeram por mim.

— Não há necessidade disso — *agha* Dariush me interrompeu com um sorriso terno. — Ainda temos sua carta, *azizam*. Você não precisa nos agradecer mais.

— Que carta? — Foram as primeiras palavras que Ali falou desde que havia chegado lá embaixo.

De repente, eu quis morrer.

Aquela carta idiota. Eu estava fora de mim quando escrevi. Tinha delirado com insônia por dias, presa sob uma dor cruel, o pesadelo que era minha vida. Meu irmão estava morto. Meus pais estavam se matando. Toda noite meu pai caía de joelhos implorando, implorando como uma criança diante de uma versão estranha e histérica de minha mãe. Ela chorava enquanto batia nele. Batia nele e gritava com ele e ele não dizia nada, não fazia nada, nem mesmo quando ela desmaiava, arranhando o próprio rosto.

Eu não tinha dormido por quatro dias.

Ficava acordada na cama, imaginando minha mãe enrolada no chão do quarto do meu irmão implorando a Deus para matá-la, e eu não conseguia respirar, não conseguia fechar os olhos. Quando finalmente desmaiei na escola, fiquei tão grata pelo adiamento, tão grata pelas poucas horas de paz e conforto que os pais de Zahra me proporcionaram, que quase me desfiz. Não sabia por que tinha decidido imortalizar aqueles sentimentos em uma carta, cujo fantasma ainda me assombrava. Eu não queria que mais ninguém visse. Pensei que eu me autoimolaria se Ali lesse aquela carta.

Fereshteh *khanoom* fez um som — um agudo *eh* —, como se estivesse irritado. Era um som que eu tinha ouvido cem outros pais iranianos fazerem quando estavam frustrados.

— Por que você falou da carta dela? — ela gritou com o marido em farsi. — Agora você a envergonhou.

— Eu realmente preciso ir — consegui dizer, engasgada. — Por favor, preciso ir para casa.

Fereshteh *khanoom* balançou a cabeça para o marido.

— *Didi chikar kardi?* "Viu o que você fez?"

— Ei — disse Ali, olhando para seus pais. — Que carta?

— Ah, isso foi há meses — sua mãe explicou.

— Como diabos isso é uma resposta?

— Não diga "diabos" para sua mãe — *agha* Dariush interveio bruscamente, apontando o garfo para o filho.

Fereshteh *khanoom* deu um tapinha no braço de Ali.

— *Beetarbiat.* "Mal-educado."

Ele revirou os olhos.

— Alguém pode me dizer que carta é essa?

— Eu tenho que ir — soltei desesperadamente. — Por favor. Já infringi sua gentileza.

— *Mashallah*, ela é tão articulada, não é? — *agha* Dariush sorriu para sua esposa. — "Infringi" *khaylee loghateh khoobiyeh.* "'Infringi' é uma palavra muito boa."

— Jesus amado — Ali murmurou.

Sua mãe bateu nele novamente.

Agha Dariush olhou para mim então, tirando-me do meu constrangimento.

— Claro que você pode ir, *azizam*. Você deve querer ir encontrar a sua mãe.

— Sim, obrigada.

— Ali — disse ele ao filho. — *Pasho.* "Levante-se."

E, para mim, falou:

— Ali vai te levar para casa.

Ali empurrou a cadeira para trás na mesma hora, a madeira rangendo contra o chão com tanta força que quase derrubou o assento. Eu observei Fereshteh *khanoom* olhando para ele com surpresa, estudando seu rosto com uma compreensão repentina e nascente que despertou o temor a Deus em meu coração.

— Não — eu disse rapidamente. — Está tudo bem. Posso ir andando.

— Está congelando lá fora — afirmou Ali, meio gritando as palavras.

Eu olhei para ele e senti meu coração acelerar. Virei-me.

— Gosto do frio — disse ao pai dele. — Mas obrigada por oferecer.

INTENSA

— Você está sem casaco — disse Ali. — Por que você está sempre sem casaco?

— *Yanni chi*, sempre? — *agha* Dariush estava olhando para seu filho como se ele tivesse perdido a cabeça. — Se ela quer ir para casa a pé, deixe-a ir.

— Shadi, por que você não me deixa te levar para casa?

Eu não conseguia acreditar. Eu não conseguia acreditar que Ali não estava fazendo nada para esconder sua frustração. Eu não conseguia acreditar que ele não iria fingir, por mais cinco segundos, na frente de sua família. Era como se ele não soubesse — ou talvez não se importasse — que sua mãe estava assistindo, vendo tudo.

— Eu moro a apenas quatro ruas de distância — expliquei, avançando para trás.

— Você mora a quase um quilômetro daqui.

— Eu não... — Engoli, nervosa.

Zahra reapareceu na sala de jantar, e ela não parecia feliz.

— Eu vou indo, me desculpe, eu...

— Espere — pediu ele —, pelo menos vou emprestar um casaco...

— Sinto muito — disse eu, olhando para o tapete. — Perdoem-me. Obrigada pelo jantar. Estava uma delícia. Eu sinto muito.

Quase saí correndo pela porta.

VINTE E DOIS

Queridos Fereshteh khanoom e agha *Dariush*,

Obrigada por me buscarem na escola hoje. Não pensei que alguém fosse me buscar. Vocês foram tão gentis. Compraram remédio para mim e me deixaram dormir na sua casa. Agha Dariush me fez um sanduíche, e acho que foi o melhor sanduíche que já comi. Zahra é a pessoa mais sortuda do mundo por ter vocês como pais, e espero que ela saiba o quão maravilhosos vocês são, como são especiais, que nem todos os pais são como vocês, e que ela é muito, muito abençoada por tê-los. Não sei o que teria acontecido comigo hoje se não tivessem ido me buscar, e estou muito grata. Tinha sido um dia muito difícil, mas vocês o tornaram muito melhor, e vou sempre me lembrar de hoje, sempre vou me lembrar de como vocês me trataram e de como não ficaram chateados comigo por eu não ter tomado o remédio que compraram. Espero que não tenha sido muito caro. Sempre serei grata a vocês e oro para que Deus abençoe vocês e sua família por sua bondade e por seus corações generosos, e espero tê-los por perto para todo sempre.

Obrigada novamente por tudo. Obrigada por serem gentis comigo e obrigada a Fereshteh khanoom *por me emprestar roupas da Zahra. Vou lavá-las e devolvê-las o mais rápido possível.*

Deus os abençoe,
Shadi

Voltei para casa curvada, aninhada em mim mesma. Tinha deixado minha jaqueta no armário e não tinha mais voltado para a escola para pegá-lo. Lamento admitir que Ali estava certo. O frio estava congelante.

Enfiei as mãos nos bolsos, olhei para o céu escuro, rezei para não chover. Meus dedos se fecharam, de repente, em torno de um pedaço de papel.

Parei no meio da calçada e o puxei de dentro do bolso. Era um retângulo dobrado às pressas. Eu o abri e alisei.

Era um formulário.

Algo da enfermaria — o tipo de coisa que alunos precisavam preencher na chegada, mas aquele estava em branco. Não havia nenhuma informação, nem mesmo o meu nome, apenas um rabisco na parte inferior com um número de telefone e uma mensagem curta:

Me ligue quando acordar, tá? Quero ter certeza de que não está morta. (É o Noah.)

Eu me surpreendi quando sorri.

Estava tremendo de frio sem a jaqueta, apavorada com o futuro, mas estava sorrindo. Parecia estranho. Eu não sabia o que fazer em relação a nada naqueles dias — minha mãe, que não aceitava ajuda profissional; minhas aulas; as inscrições para entrar na faculdade; meu pai, que podia ou não estar morrendo.

Eu não sabia o que fazer com Ali.

Eu não sabia o que nos esperava e qual seria o futuro, se conseguiríamos ficar juntos de alguma forma. Ainda assim, eu sentia uma esperança florescendo quando pensava nele, sentia como se essa esperança aplacasse a minha dor. Eu sentia, pela primeira vez, como se um dos incêndios violentos da minha vida tivesse se extinguido.

Eu tinha me desculpado.

Não muito tempo atrás, pensei que teria que viver minha vida inteira atormentada pela batida de um único arrependimento. Não muito tempo atrás, pensei que Ali nunca mais falaria comigo. Não muito tempo atrás, pensei que tinha perdido para sempre algo que agora eu sabia que era precioso. Raro.

Eu olhei para cima, então, procurei o céu. Quando encontrei a lua, encontrei Deus, quando vi as estrelas, vi Deus, quando me deixei ser inalada pela vastidão em expansão do universo, entendi Deus da mesma forma que Sêneca — *Deus é tudo o que vemos e tudo o que não vemos.*

Não costumava acreditar em homens, mas sempre acreditei em mais.

O Deus que eu conhecia não tinha gênero nem forma. O Islã não aceitava a personificação de Deus, não acreditava em conter Deus numa forma. O uso comum de Ele como pronome para identificá-lo era um erro de tradução.

Havia apenas *eles*, o *nós* coletivo, a ideia de infinito.

Sempre vi a religião como uma corda, uma ferramenta para nos ajudar a ficarmos mais perto dos nossos próprios corações, do nosso lugar neste universo. Eu não entendia quem caluniava, sem perdão nem empatia, aqueles que não se conformavam com regras preestabelecidas — regras essas que não tinham o objetivo de inspirar competição, mas de nos construir, de nos tornar melhores. Essa superioridade moral era antiética com relação à essência da divindade, ao propósito da fé. Estava muito claro que não era nossa função exercer um julgamento humano severo sobre aqueles cujos corações não conhecíamos. Estava inequivocamente claro no Alcorão que não deveria haver coação na religião.

E, ainda.

Estávamos todos perdidos.

Quando empurrei a porta da frente, percebi duas coisas ao mesmo tempo: primeiro, que tinha largado a minha mochila — minha estúpida, pesada, ridícula mochila — na casa da Zahra, o que significava que, se eu quisesse ter alguma chance de colocar em dia meu dever de casa, teria de voltar para pegá-la, e só a ideia de ter que fazer isso provocou um arrepio no meu coração.

E, em segundo lugar...

Em segundo lugar, percebi que meu pai estava em casa.

Minha primeira pista foram seus sapatos, bem colocados perto da porta, o par conhecido de mocassins de couro marrom que eu não via há semanas. Minha segunda pista foi o cheiro de azeite de oliva, cebola picada, carne refogada e o cheiro suave e doce de arroz fresco descansando. Eu ouvi o som da voz da minha irmã, uma gargalhada.

Silenciosamente, fechei a porta atrás de mim, e a cena veio repentinamente à vista.

Minha mãe estava na cozinha, mexendo uma panela de comida feita com ingredientes que, poucas horas atrás, não existiam na nossa despensa. Meu pai estava sentado em uma cadeira na mesa de jantar, parecendo exausto, mas feliz, seu rosto mais velho do que eu me lembrava, seu cabelo mais grisalho. Shayda estava sentada em uma cadeira ao lado dele, segurando uma de suas mãos entre as dela. Ela parecia estar quase chorando, mas bonita, o cabelo escuro emoldurando seu rosto, seus grandes olhos castanhos cheios de emoção. Eu raramente entendia a minha irmã, e também não a entendi naquela situação. Não sabia como ela poderia amar um homem complicado sem complicar o amor dela. Eu não sabia como sua mente classificava e priorizava as emoções; não sabia como ela havia chegado até ali — parecendo radiante — depois de tudo o que tínhamos passado.

Percebi, então, que não era da minha conta.

Eu não tinha o direito de arrastar Shayda comigo. Não tinha o direito de roubar a alegria de seu corpo. Não era minha culpa que eu não conseguia dobrar meu coração como ela conseguia dobrar o dela, e não era culpa dela que ela não conseguisse fazer isso por mim. Suponho que éramos apenas diferentes, no fim das contas.

Meu pai foi o primeiro a me notar.

Ele se levantou rápido demais, agarrou-se à mesa para se apoiar. Shayda gritou um alerta, preocupada, e meu pai não pareceu perceber. Seu rosto mudou quando me viu, estudou meus olhos. *Seus olhos*. Ele desviou o olhar, olhou para trás, parecia entender que eu o odiava, que eu o amava.

Que eu o odiava.

Nem percebi que estava chorando até que ele apareceu com pernas lentas e instáveis, não percebi que estava chorando até que ele me puxou para os seus braços. Chorei mais quando ele se tornou real, seus braços reais, sua forma real, seu corpo real. Chorei como a criança que eu era, como a criança que eu queria ser. Senti falta dele, senti falta daquele meu pai horrível, senti falta da sensação de ser abraçada assim, de pressionar meu rosto contra seu peito, de inalar seu cheiro tão conhecido.

Ele cheirava a flores, chuva, couro. Ele cheirava a fumaça de escapamento e café e papel. Ele era uma pessoa horrível, uma pessoa maravilhosa. Ele era frio e babaca e engraçado.

Eu o odiava.

Eu o odiei durante o abraço, durante o choro. O homem que um dia parecera um bloco sólido de concreto de repente parecia vidro soprado, papel machê. Senti seus braços tremendo. Senti a pele de suas mãos fria como papel contra o meu rosto quando ele rompeu o abraço e olhou para mim.

Eu não conseguia encontrar seus olhos.

Desviei os meus, olhei para baixo, olhei por cima do ombro. Minha mãe e irmã estavam nos observando de perto, as duas de pé lado a lado na cozinha. Encarei minha mãe, ela segurando uma toalha, lágrimas escorrendo pelo rosto.

— Shadi — disse meu pai baixinho.

Eu olhei para cima.

Ele sorriu, sua pele enrugando, seus olhos brilhando. Ele me abraçou novamente, envolvendo-me contra sua figura insubstancial.

Eu podia sentir suas costelas sob minhas mãos. Podia contá-las. Ele falou comigo então, falou em farsi, pressionando sua face contra a minha cabeça.

— Só Deus — disse ele, com a voz trêmula —, só Deus sabe a profundidade do meu arrependimento.

VINTE E TRÊS

CORRI PELA NOITE COM as pernas trêmulas, rasguei rajadas de vento, disparei através do frio congelante por pura força de vontade. Queria correr para sempre, queria me lançar em órbita, queria lançar meu corpo no chão. Minha pele estava pulsando emoção, as sensações espiralando à minha volta, zumbindo pela minha cabeça.

Eu queria gritar.

Corri porta afora depois de arrumar uma desculpa, a desculpa de que tinha deixado minha mochila na casa de Zahra e precisava pegá-la de volta, uma desculpa que só funcionou porque a mãe de Zahra ligara para minha mãe para informá-la de que eu tinha jantado lá naquela noite.

Todo o meu dever de casa está lá, eu disse. *Vou e volto rapidinho.*

Uma versão diferente de mim tinha usado uma desculpa semelhante milhares de vezes para ganhar mais tempo longe daquelas paredes, da tristeza sufocante que continham. Eu sempre inventava motivos para ficar mais tempo na casa de Zahra para que eu não tivesse que ficar presa ao âmbar da minha casa, e meus pais sabiam disso, conseguiam enxergar por trás do meu fingimento. Eles provavelmente sabiam que eu estava aprontando alguma, mas talvez também tivessem visto algo em meu rosto, entendido como eu devia estar me sentindo, que eu precisava sair. Sair para sobreviver.

Relutantes, desconfiados, meus pais me deixaram ir.

Eu corri.

Corri na noite com as pernas em chamas, com pulmões ardentes, puxando o ar para dentro do meu peito com dificuldade. Meus membros estavam tremendo, meu corpo se desligando.

Eu me esforcei ainda mais.

Deixei o vento queimar minha pele, deixei o vento chicotear as lágrimas dos meus olhos. Deixei o frio entorpecer meu nariz, meu queixo, as pontas dos meus dedos, e corri, corri pela escuridão, peito arfando, respiração irregular.

Desmaiei quando cheguei ao parque, meus joelhos afundando na grama molhada. Descansei por apenas um momento, corpo curvado para a frente antes de me esforçar de novo, me arrastar pelo campo aberto. Quando vi as luzes cintilantes à distância, percebi que sabia o que queria fazer. Também sabia que Shayda estava certa.

Que eu provavelmente tinha perdido a cabeça.

O portão estava trancado, então pulei a cerca e caí mal do outro lado. A dor subiu pela minha perna e eu lhe dei as boas-vindas, ignorando-a.

Enquanto me levantava, parei.

Prendi a respiração, encarei. Nunca havia ninguém aqui. Eu já tinha passado por aquela piscina mil vezes em outras noites semelhantes, sempre pensando no esforço que faziam para manter aquele lugar para os ratos e fantasmas que o assombravam.

A luz parecia etérea ali, brilhante e resplandecente, o cintilante de suas profundidades bailando um pouco ao vento. Eu não tinha nenhum plano. Não tinha nenhuma saída estratégica. Não tinha como saber como chegaria em casa, nem em que estado. Só sabia que sentia meu peito arfando, meus ossos pesados com gelo e calor. Eu estava suando e congelando, totalmente vestida, desesperada por algo que eu não poderia explicar.

Tirei meus sapatos. Arranquei a jaqueta.

Mergulhei na água.

Afundei. Fechei os olhos e afundei.

Gritei.

A seda enrolou-se em volta da minha cabeça e gritei, rasguei a tristeza dos meus pulmões, água enchendo minha boca. Gritei e quase engasguei com o esforço, pensei que poderia me matar. A água, em vez disso, me absorveu, engoliu minha dor, guardou meus segredos.

Deixou-me afogar.

Chutei de repente, lutei conforme minhas roupas ficavam pesadas. Cheguei à superfície com um suspiro, bebi o ar frio da noite, engoli quantidades incontáveis de água clorada. A piscina estava inesperadamente quente, acolhedora, como um banho. Respirei profundamente. Respirei de novo.

Afundei de novo.

Escutei o zumbido do silêncio, as batidas espessas e distantes de água. Eu me deixei cair, deixei meu peso me puxar para baixo.

De alguma forma foi um conforto não respirar.

Sentei-me no fundo da piscina e a água me comprimiu, segurou-me com seu peso. Lentamente, meu batimento cardíaco começou a se estabilizar.

A casa de onde eu fugira aquela noite já tinha sido quente, esperançosa — mas, no ano anterior, havia se tornado irreconhecível. Até aquela noite eu não pensara que poderíamos ser felizes novamente; nunca sonhara que poderíamos usar os pedaços quebrados de nossa velha vida para construir algo novo. Eu tinha considerado, por tanto tempo, que aquela dor que eu segurava todos os dias em meu punho era a minha única posse, a única coisa que carregaria para o resto da minha vida.

Eu tinha me esquecido de que tinha duas mãos.

Senti um clique no mecanismo do meu coração, então senti uma aterrorizante reviravolta no meu peito que prometeu me manter viva, me dar mais tempo naquela vida escaldante. Eu senti aquilo, senti meu corpo reiniciar com um medo crescente e doloroso. Temia que algo estivesse mudando, que talvez eu estivesse mudando, que toda a minha vida estivesse trocando de pele, abandonando a antiga e desenvolvendo uma nova finalmente, finalmente.

Aquilo me assustou.

Eu não sabia como lidar com uma forma de esperança. Não sabia como uma coisa dessas caberia no meu corpo. Estava com tanto medo, com tanto medo de me decepcionar.

Eu o senti antes de vê-lo, os braços em volta do meu corpo, um borrão de movimento, um movimento estremecedor. O mundo voltou para mim em uma explosão de som, respirações pesadas e ar frio, o tremor de galhos, folhas sussurrantes.

Eu estava ofegante, agarrada à borda lisa da piscina, minhas roupas finas pintadas no meu corpo, meu lenço torcido na cabeça.

Arrastei-me para fora da água, desabando de lado. Estava respirando com dificuldade, olhando para o céu. Pude sentir meu coração batendo forte, meu pulso acelerado.

— Às vezes, juro que acho que você está tentando me matar.

Levantei-me ao som de sua voz, dobrei meus joelhos contra o meu peito ensopado. Ali estava sentado na beira da piscina, as pernas ainda na água, o corpo encharcado. Eu o observei olhando para as profundezas brilhantes, com as mãos plantadas nas laterais do corpo. Riachos de água serpenteavam por seu rosto. Ele estava começando a tremer.

— O que você está fazendo aqui?

Ele se virou para olhar para mim.

— Você está? — ele perguntou. — Está tentando me matar?

— Não — sussurrei.

— Fui à sua casa — disse ele. — Você esqueceu a mochila na minha sala. Mas, quando cheguei lá, sua mãe me disse que você tinha ido buscá-la, disse que talvez tivéssemos nos desencontrado no caminho.

Suspirei e encarei a água.

— Como você sabia que eu estava aqui?

— Não sabia. Procurei no parque. Vi seus sapatos pela cerca. — Ele acenou com a cabeça para as barras ao redor da piscina. — Daí eu pulei. Meu Deus, Shadi, eu não sabia o que você estava fazendo. — Baixou o rosto entre as mãos, tirando o cabelo molhado dos olhos. — Você me assustou pra cacete.

— O que você achou que eu estava fazendo?

— Eu não sei — disse ele, exalando de repente. — Não sei. Eu sabia.

INTENSA

205

Carreguei meu corpo ensopado e me sentei ao lado dele. Percebi, então, que seus punhos estavam cerrados. Seu corpo estava tremendo.

— Vamos — falei suavemente, puxando seu braço. — Você está congelando. Tem que ir para casa. Tem que se secar.

— *Shadi*.

Hesitei ao ouvir sua voz. Parecia crua, perto da dor. Ele se virou, eu me virei, procurei seus olhos. Vi algo em seu semblante que me assustou, fez meu coração disparar. Toquei sua bochecha quase sem querer, tracei a curva da maçã de seu rosto. Ele suspirou, o som espalhando-se.

— O que estamos fazendo? — ele sussurrou.

Eu senti algo estalar dentro de mim, senti algo se partir. Eu o encarei com uma esperança trêmula. Minha mente encharcada não sabia o que estava fazendo. Meu próprio nome pressionado contra a minha língua.

Shadi significa *alegria*, e eu só sabia chorar.

Ali tocou meu queixo, roçou meus lábios com os dedos.

— Sabe o que a minha mãe me disse quando você foi embora?

Eu balancei a cabeça.

— Ela falou, tipo: "Ali, seu idiota, aquela garota nunca vai se interessar por você. Você nem sabe como falar com garotas assim. Ela é boa demais para você".

Quase ri. Mas me senti mais perto de chorar.

— Sério — disse ele, e eu o senti sorrir, senti suas palavras tocando a minha pele enquanto ele falava. — Minha própria mãe.

Aquele calor, aquele calor inexprimível subiu de novo pela minha garganta, um sentimento tão familiar agora que quase não o percebi.

Seu sorriso desapareceu no silêncio que se seguiu. Ele respirou fundo e forte. Estava tremendo de frio, de medo.

— Você sabe o que eu quero? — ele disse, encostando a testa na minha. — O que eu quero mais do que tudo?

— Não.

Suas mãos estavam em volta da minha cintura agora, nós dois em pé, abraçados.

— Eu quero que você seja feliz.

Meus olhos ardiam; pisquei.

— Ali...

— Eu ainda te amo — ele sussurrou. — Eu ainda te amo e não sei como parar.

Eu estava me familiarizando com aquele sentimento, aquelas asas batendo no meu peito, a aceleração desesperada de emoção. Eu não conseguia respirar, não conseguia ver ao redor, não conseguia imaginar que meu coração poderia se fender e se fundir, fender e se fundir no infinito.

— Não pare — falei baixinho. — Eu nunca parei.